UNIVERSALE
ECONOMICA
FELTRINELLI

JORGE LUIS BORGES
L'Aleph

Traduzione di Francesco Tentori Montalto

Titolo dell'opera originale
EL ALEPH
© Losada, Buenos Aires 1952

Traduzione dallo spagnolo di
FRANCESCO TENTORI MONTALTO

© Giangiacomo Feltrinelli Editore Milano
Prima edizione nella "Biblioteca di letteratura" ottobre 1959
Prima edizione nell'"Universale Economica" marzo 1961
Quarantanovesima edizione luglio 2020

Stampa Elcograf S.p.a. – Stabilimento di Cles (TN)

ISBN 978-88-07-88375-0

www.feltrinellieditore.it
Libri in uscita, interviste, reading,
commenti e percorsi di lettura.
Aggiornamenti quotidiani

IL RAZZISMO
È UNA
BRUTTA STORIA.
razzismobruttastoria.net

L'immortale

a Cecilia Ingenieros

> *Salomon saith:* There is no new thing upon the earth. *So that as Plato had an imagination,* that all knowledge was but remembrance; *so Salomon giveth his sentence,* that all novelty is but oblivion.
>
> FRANCIS BACON: *Essays,* LVIII

A Londra, all'inizio del mese di giugno del 1929, l'antiquario Joseph Cartaphilus, di Smirne, offrí alla principessa di Lucinge i sei volumi in quarto minore (1715-1720) dell'*Iliade* di Pope. La principessa li acquistò; e in quell'occasione scambiò qualche parola con lui. Era, ci dice, un uomo consunto e terroso, grigio d'occhi e di barba, dai tratti singolarmente vaghi. Si destreggiava con scioltezza e ignoranza in diverse lingue; in pochi minuti passò dal francese all'inglese e dall'inglese a una misteriosa mescolanza di spagnolo di Salonicco e portoghese di Macao. Nell'ottobre, la principessa seppe da un passeggero dello *Zeus* che Cartaphilus era morto in mare, nel tornare a Smirne, e che l'avevano seppellito nell'isola di Ios. Nell'ultimo tomo dell'*Iliade* trovò questo manoscritto.

L'originale è redatto in inglese e abbonda di latinismi. La versione che offriamo è letterale.

I

A quanto ricordo, le mie prove cominciarono in un giardino di Tebe Hekatompylos, quand'era imperatore Diocleziano. Avevo militato (senza gloria) nelle recenti guerre egiziane; ero tribuno d'una legione ch'era stata acquartierata a Berenice, di fronte al mar Rosso: la febbre e la magia avevano consumato molti uomini che magnanimi bramavano il ferro. I mauritani furono vinti; la terra già occupata dalle città ribelli fu consacrata in eterno agli dèi plutonici; Alessandria, espugnata, implorò invano la misericordia del Cesare; in meno d'un anno le legioni riportarono il trionfo, ma io scorsi appena il volto di Marte. Tale privazione mi dolse e fu forse la causa che mi spinse a scoprire, attraverso paurosi ed estesi deserti, la segreta Città degl'Immortali.

Le mie prove cominciarono, ho detto, in un giardino di Tebe. L'intera notte non dormii, poiché qualcosa combatteva nel mio cuore. Mi levai poco prima dell'alba; i miei schiavi dormivano, la luna aveva lo stesso colore dell'infinita arena. Un cavaliere sfinito e insanguinato veniva dall'oriente. A pochi passi da me, cadde giú dal cavallo. Con debole voce affranta, mi chiese in latino il nome del fiume che bagnava le mura della città. Gli risposi che era l'Egitto, che le piogge alimentano. *Altro è il fiume ch'io cerco*, replicò tristemente, *il fiume segreto che purifica dalla morte gli uomini*. Oscuro sangue gli sgorgava dal petto. Mi disse che sua patria era una montagna che sta dall'altro lato del Gange e che su quella montagna era fama che se qualcuno avesse camminato fino all'occidente, dove ha termine il mondo, sarebbe giunto al fiume le cui acque danno l'immortalità. Aggiunse che presso la sua riva s'innalza la Città degl'Immortali, ricca di bastioni, anfiteatri e templi. Prima dell'aurora morí, ma io decisi di scoprire la città e il suo fiume. Sottoposti a tortura, alcuni prigionieri mauritani confermarono il racconto del viaggiatore; qualcuno ricordò la pianura elisea, al confine della terra, dove la vita degli uomini è durevole; altri, le cime dove nasce il Pactolo, i cui abitanti vivono un secolo. In Roma, conversai con filosofi che sentenziarono che prolungare la vita degli uomini era prolungare la loro agonia e moltiplicare il numero delle loro morti. Ignoro se credetti mai alla Città degl'Immortali: penso che allora mi bastasse il compito di cercarla. Flavio, proconsole di Getulia, mi dette duecento soldati per l'impresa. Reclutai inoltre mercenari, che si dissero esperti delle strade e che furono i primi a disertare.

Gli avvenimenti che seguirono hanno deformato fino all'inestricabile il ricordo delle nostre prime giornate. Partimmo da Arsinoe ed entrammo nell'infuocato deserto. Attraversammo il paese dei trogloditi, che divorano serpenti e son privi dell'uso della parola; quello dei garamanti, che hanno le donne in comune e si nutrono di leoni; quello degli augili, che venerano solo il Tartaro. Percorremmo altri deserti, dov'è nera l'arena, dove il viandante deve usurpare le ore della notte, poiché il calore del giorno è intollerabile. Da lontano scorsi la montagna che dette nome all'Oceano: sui suoi fianchi cresce l'euforbio, che annulla i veleni; sulla cima abitano i satiri, stirpe d'uomini feroci e rozzi, inclini alla lussuria. Che quelle regioni barbare, dove la terra è madre di mostri, potessero albergare nel loro seno una città illustre, parve a tutti inconcepibile. Proseguimmo il cammino, giacché sarebbe stata vergogna retrocedere. Alcuni temerari dormirono col volto esposto alla luna; la febbre li arse; nell'acqua infetta delle cisterne altri bevvero la pazzia e la morte. Allora cominciarono le diserzioni; poco dopo, le rivolte. Per reprimerle, non esitai ad esercitare la severità. Procedetti rettamente, ma un centurione mi avvertí che i sediziosi (desiderosi di vendicare la crocifissione d'uno di loro) macchinavano la mia morte. Fuggii dall'accampamento, coi pochi soldati che m'erano fedeli. Nel deserto li perdetti, fra i turbini di sabbia e la vasta notte. Una freccia cretense mi ferí. Vari giorni errai senza trovare acqua, o un solo enorme giorno moltiplicato dal sole, dalla sete e dal timore della sete. Lasciai la via all'arbitrio del mio cavallo. All'alba, la lontananza eresse piramidi e torri. Intollerabilmente sognai un esiguo e nitido labirinto: al centro era un'anfora; le mie mani quasi la toccavano, i miei occhi la vedevano, ma le giravolte erano tanto intricate e incerte che io sapevo che sarei morto prima di raggiungerla.

II

Sciogliendomi alla fine da quell'incubo, mi trovai sdraiato e legato in un'oblunga nicchia di pietra, non piú grande d'una comune sepoltura, scavata nella superficie dell'aspro fianco di una montagna. Le pareti erano umide, levigate dal tempo piú che dall'industria. Sentii nel petto un palpito doloroso, sentii che la sete mi ardeva. Mi sporsi e gridai debolmente. Ai piedi della montagna scorreva senza rumore un ruscello impuro, ostacolato da pietre e arena; sulla riva opposta splendeva (agli ultimi o ai primi raggi del sole), svelata, la Città degli Immortali. Vidi mura, archi, frontoni e fori: la base era un altipiano di pietra. Un centinaio di nicchie irregolari, uguali alla mia, foravano la montagna e la valle. Nell'arena erano pozzi di poca profondità; da quelle misere buche, e dalle nicchie, emergevano uomini dalla pelle grigia, dalla barba negletta, ignudi. Credetti di riconoscerli; appartenevano alla stirpe bestiale dei trogloditi, che infestano le rive del Golfo Arabico e le grotte d'Etiopia; non mi meravigliò che non parlassero e che mangiassero serpenti.

Il tormento della sete mi rese temerario. Calcolai di trovarmi a circa trenta piedi dall'arena; mi gettai, gli occhi chiusi, le mani legate dietro la schiena, giú per il fianco del monte. Affondai la faccia insanguinata nell'acqua oscura. Bevvi come si abbeverano gli animali. Prima di perdermi di nuovo nel sonno e nei deliri, inspiegabilmente ripetei alcune parole greche: *i ricchi teucri di Zelea che bevono l'acqua nera dell'Esepo...* ·

Non so quanti giorni e quante notti trascorsero su me. Dolente, incapace di tornare al riparo delle caverne, nudo sull'ignota arena, lasciai che la luna e il sole giocassero col mio infelice destino. I trogloditi, infantili nella barbarie, non mi aiutarono a sopravvivere né a morire. Invano li pregai di darmi morte. Un giorno, con una pietra affilata, ruppi i miei legami. Un altro, mi levai in piedi e potei mendicare o rubare — io, Marco Flaminio Rufo, tribuno militare di una delle legioni di Roma — la mia prima detestata razione di carne di serpente.

L'ansia di vedere gli Immortali, di toccare la sovrumana Città, m'impediva quasi di dormire. Come se indovinassero il mio proposito, neppure i trogloditi dormivano: dapprima credetti che mi sorvegliassero; poi, che sentissero il contagio della mia inquietudine, come accade ai cani. Per allontanarmi dal barbaro villaggio scelsi l'ora piú palese, il declinare del meriggio, quando tutti gli uomini emergono dalle fenditure della roccia e dai pozzi e guardano il tramonto, senza vederlo. Pregai ad alta voce, non tanto per impetrare il favore divino quanto per intimidire la tribú con parole articolate. Attraversai il ruscello sabbioso e mi diressi verso la Città. Confusamente, mi seguirono due o tre uomini. Erano (come gli altri di quella stirpe) di piccola statura; non ispiravano timore ma repulsione. Dovetti aggirare alcuni avvallamenti irregolari che mi parvero cave; offuscato dalla grandezza della Città, l'avevo creduta vicina. Verso la mezzanotte calpestai, irta di forme idolatriche sulla sabbia gialla, la nera ombra delle sue mura. M'arrestò una specie di orrore sacro. Tanto abominati dall'uomo sono l'ignoto e il deserto, che m'allietai d'esser stato accompagnato fin lí da uno dei trogloditi. Chiusi gli occhi e attesi, senza dormire, che splendesse il giorno.

Ho detto che la Città s'innalzava su un altipiano di pietra. Quest'altipiano, paragonabile a una scogliera, non era meno a picco delle mura. Invano affaticai i miei piedi: il nero basamento non scopriva la piú piccola irregolarità, le mura inalterabili non sembravano consentire una sola porta. L'ardore del sole fece sí che mi rifugiassi in una caverna; nel fondo era un pozzo, nel pozzo una scala che sprofondava nelle tenebre sottostanti. Discesi; attraverso un caos di sordide gallerie giunsi a una vasta stanza circolare, appena visibile. V'erano nove porte in quel sotterraneo; otto s'aprivano su un labirinto che ingannevolmente sboccava nella stessa stanza; la nona (attraverso un altro labirinto) su una seconda stanza circolare, uguale alla prima. Ignoro il numero totale delle stanze; la mia sventura e la mia ansia le moltiplicarono. Il silenzio era ostile e quasi perfetto: non v'era altro rumore in quelle profonde reti di pietra, che un vento sotterraneo, la cui origine non scoprii; senza suono si perdevano tra le fenditure fili d'acqua rugginosa. Orribilmente, m'abituai a quel mondo incerto; ritenni incredibile che potesse esistere altro che sotterranei provvisti di nove porte e lunghi corridoi che si biforcano. Ignoro il tempo che dovetti camminare sotto terra; so che talora confusi nella stessa nostalgia l'atroce villaggio dei barbari e la mia città natale, tra le vigne.

Al termine d'un corridoio, un muro imprevisto mi sbarrò il passo, una remota luce cadde su me. Alzai gli occhi offuscati: in alto, vertiginoso, vidi un cerchio di cielo cosí azzurro da parermi di porpora. Gradini di metallo scalavano il muro. La stanchezza mi abbatteva, ma salii, fermandomi a volte per singhiozzare di felicità. Scorgevo capitelli e astragali, frontoni triangolari e volte, confuse pompe del granito e del marmo. Cosí mi fu dato ascendere dalla cieca regione di neri labirinti intrecciantisi alla risplendente Città.

Emersi in una specie di breve piazza; anzi, di cortile. Lo circondava un solo edificio di forma irregolare e d'altezza variabile; a quell'edificio eterogeneo appartenevano le diverse cupole e colonne. Prima d'ogni particolare di quel monumento incredibile, mi stupí l'antichità della sua costruzione. Sentii ch'era anteriore agli uomini, anteriore alla terra. L'evidente antichità (benché in qualche modo terribile per gli occhi) mi parve adeguata al lavoro d'artefici immortali. Cautamente al principio, poi con indifferenza, infine con disperazione, errai per scale e pavimenti dell'inestricabile palazzo. (In seguito comprovai che la estensione e l'altezza dei gradini erano incostanti, fatto che spiegava la singolare stanchezza che mi produssero.) *Questo palazzo è opera degli dèi,* pensai in un primo momento. Esplorai gl'inabitati recinti e corressi: *Gli dèi che lo edificarono son morti.* Notai le sue stranezze e dissi: *Gli dèi che l'edificarono erano pazzi.* Lo dissi, ricordo, con un'incomprensibile riprovazione ch'era quasi rimorso, con piú orrore intellettuale che paura sensibile. All'impressione di enorme antichità altre si aggiunsero: quella dell'interminabile, quella dell'atroce, quella d'una complessità insensata. Avevo percorso un labirinto, ma la nitida Città degl'Immortali m'impaurí e ripugnò. Un labirinto è un edificio costruito per confondere gli uomini; la sua architettura, ricca di simmetrie, è subordinata a tale fine. Nel palazzo che imperfettamente esplorai, l'architettura mancava d'ogni fine. Abbondavano il corridoio senza sbocco, l'alta finestra irraggiungibile, la vistosa porta che s'apriva su una cella o su un pozzo, le incredibili scale rovesciate, coi gradini e la balaustra all'ingiú. Altre aereamente aderenti al fianco d'un muro monumentale, morivano senza giungere ad alcun luogo, dopo due o tre giri, nelle tenebre superiori delle cupole. Ignoro se tutti gli esempi che ho enumerati siano letterali; so che per molti anni infestarono i miei incubi; non posso sapere ormai se un certo particolare è una trascrizione della realtà o delle forme che turbarono le mie notti. *Questa Città* (pensai) *è cosí orribile che il suo solo esistere e perdurare, sia pure al centro di un deserto segreto, contamina il passato e il futuro e in qualche modo coinvolge gli astri. Finché durerà, nessuno al mondo potrà essere prode o felice.* Non voglio descriverla; un caos di parole eterogenee, un corpo di tigre o di toro, nel quale pullulassero mostruosamente, uniti e odiandosi, denti, organi e teste, possono, forse, essere immagini che le si approssimano.

Non ricordo le tappe del mio ritorno, tra i polverosi e umidi ipogei. So soltanto che non mi lasciava il timore che, all'uscire dall'ultimo labirinto, mi circondasse nuovamente la nefanda Città degli Immortali. Null'altro posso ricordare. Quest'oblio, ora invincibile, fu forse volontario; forse le circostanze della mia evasione furono tanto ingrate che, un giorno ugualmente obliato anch'esso, giurai di dimenticarle.

III

Chi abbia letto con attenzione il racconto delle mie prove, ricorderà che un uomo della tribú m'aveva seguito come un cane fino all'ombra irregolare delle mura. Quando uscii dall'ultimo sotterraneo, lo ritrovai all'imbocco della caverna. Stava sdraiato sulla sabbia, dove goffamente tracciava e cancellava una fila di segni, ch'erano come le lettere dei sogni, che quando stiamo per capirle si confondono. Dapprima credetti che si trattasse d'una scrittura barbara; poi compresi che è assurdo immaginare che uomini che non sono giunti alla parola possiedano la scrittura. Inoltre, nessuna delle forme era uguale all'altra, e ciò escludeva o allontanava la possibilità che fossero simboliche. L'uomo le tracciava, le guardava e le correggeva. Di colpo, come se il giuoco l'annoiasse, le cancellò col palmo e l'avambraccio. Mi guardò, non parve riconoscermi. Tuttavia, tanto grande era il sollievo che m'inondava (o tanto grande e timorosa la mia solitudine) che pensai che quel rudimentale troglodita, che mi guardava dal suolo della caverna, fosse rimasto lí ad aspettarmi. Il sole ardeva la pianura; quando iniziammo il ritorno al villaggio, sotto le prime stelle, la sabbia scottava sotto i piedi. Il troglodita mi precedeva; quella notte concepii il proposito d'insegnargli a riconoscere, e magari a ripetere, qualche parola. Il cane e il cavallo — riflettei — sono capaci della prima cosa; molti uccelli, come l'usignuolo dei Cesari, della seconda. Per rozzo che fosse l'intendimento di un uomo, sarebbe stato sempre superiore a quello di esseri irragionevoli.

L'umiltà e la miseria del troglodita mi trassero alla memoria l'immagine di Argo, il vecchio cane moribondo dell'*Odissea*, e cosí gli misi nome Argo e cercai d'insegnarglielo. Ma ogni mio sforzo fallí. Arbitrî, rigore e ostinazione furono del tutto vani. Immobile, lo sguardo inerte, sembrava non percepire i suoni che tentavo d'inculcargli. A qualche passo da me, era come se fosse remotissimo. Gettato sulla sabbia, simile a una piccola e cadente sfinge di lava, lasciava che su lui girassero i cieli, dal crepuscolo del giorno a quello della notte. Mi sembrò impossibile che non si avvedesse della mia intenzione. Ricordai ch'è fama tra gli etiopi che le scimmie non parlino di proposito, per non essere obbligate a lavorare, e attribuii a diffidenza o a timore il silenzio di Argo. Da quell'immaginazione passai ad altre, anche più strane. Pensai che Argo ed io facevamo parte di universi differenti; pensai che le nostre percezioni erano uguali, ma che Argo le combinava diversamente e costruiva con esse altri oggetti; pensai che forse per lui non esistevano oggetti, ma un vertiginoso e continuo giuoco d'impressioni brevissime. Pensai a un mondo senza memoria, senza tempo; considerai la possibilità d'un linguaggio di verbi impersonali o d'indeclinabili epiteti. Così andarono morendo i giorni e coi giorni gli anni, ma qualcosa simile alla felicità accadde una mattina. Piovve, con lentezza possente.

Le notti del deserto possono essere fredde, ma quella era stata un fuoco. Sognai che un fiume della Tessaglia (alle cui acque avevo restituito un pesce d'oro) veniva a liberarmi; sopra la rossa arena e sulla nera pietra l'udivo avvicinarsi; la freschezza dell'aria e il rumore accanito della pioggia mi destarono. Corsi nudo a riceverla. Declinava la notte; sotto le nuvole gialle la tribú, non meno felice di me, si offriva ai violenti scrosci in una specie di estasi. Sembravano coribanti posseduti dalla divinità. Argo, gli occhi rivolti al cielo, gemeva; rivoli gli scorrevano per il volto; non solo d'acqua, ma (come capii dopo) di lacrime. *Argo!* — gli gridai — *Argo!*

Allora, con tenue meraviglia, come se scoprisse una cosa perduta e dimenticata da gran tempo, Argo balbettò queste parole: *Argo, cane di Ulisse*. E poi, sempre senza guardarmi: *Questo cane gettato nello sterco*.

Accettiamo facilmente la realtà, forse perché intuiamo che nulla è reale. Gli chiesi cosa sapeva dell'*Odissea*. L'uso del greco gli riusciva faticoso: dovetti ripetere la domanda.

Molto poco, disse. *Meno del rapsodo piú povero. Saranno passati mille e cento anni da quando l'inventai.*

IV

Tutto mi fu chiarito, quel giorno. I trogloditi erano gl'Immortali; il fiumiciattolo dalle acque sabbiose, il Fiume che cercava il cavaliere. Quanto alla città la cui fama era giunta fino al Gange, da nove secoli gl'Immortali l'avevano rasa al suolo. Coi suoi resti avevano eretto, nello stesso luogo, l'insensata città che avevo percorsa; sorta di parodia o d'inverso e anche tempio degli dèi irrazionali che governano il mondo e dei quali nulla sappiamo, se non che non somigliano all'uomo. Quella fondazione fu l'ultimo simbolo cui accondiscesero gl'Immortali; essa segna una tappa nella quale, giudicando vana ogni impresa, essi stabilirono di vivere nel pensiero, nella pura speculazione. Eressero la fabbrica, la dimenticarono e andarono ad abitare nelle grotte. Assorti, non avvertivano quasi il mondo fisico.

Queste cose Omero le narrò, come chi parla con un bambino. Mi narrò anche la sua vecchiezza e l'ultimo viaggio che aveva intrapreso, mosso, come Ulisse, dal proposito di giungere presso gli uomini che non conoscono il mare e non mangiano carne salata né hanno nozione del remo. Aveva abitato un secolo nella Città degli Immortali. Quando l'avevano distrutta, egli aveva consigliato la fondazione dell'altra. Ciò non deve sorprenderci; è fama che dopo aver cantato la guerra di Troia, Omero cantasse la guerra delle rane e dei topi. Fu come un dio che avesse creato il cosmo e poi il caos.

Essere immortale è cosa da poco: tranne l'uomo, tutte le creature lo sono, giacché ignorano la morte; la cosa divina, terribile, incomprensibile, è sapersi immortali. Ho osservato che, nonostante le religioni, tale convinzione è rarissima. Israeliti, cristiani e musulmani professano l'immortalità, ma la venerazione che tributano al primo dei due secoli prova ch'essi credono solo in esso, e infatti destinano tutti gli altri, in numero infinito, a premiarlo o a punirlo. Piú ragionevole mi sembra la ruota di certe religioni dell'Indostan; in tale ruota, che non ha principio né fine, ogni vita è effetto dell'anteriore e genera la seguente, ma nessuna determina l'insieme... Ammaestrata da un esercizio di secoli, la repubblica degl'Immortali aveva raggiunto la perfezione della tolleranza e quasi del disdegno. Essi sapevano che in un tempo infinito ad ogni uomo accadono tutte le cose. Per le sue passate o future virtú, ogni uomo è creditore d'ogni bontà, ma anche d'ogni tradimento, per le sue infamie del passato o del futuro. Come nei giuochi d'azzardo le cifre pari e le dispari tendono all'equilibrio, cosí l'ingegno e la stoltezza si annullano e si correggono e forse il rozzo poema del Cid è il contrappeso che esigono un solo epiteto delle *Egloghe* o un detto di Eraclito. Il pensiero piú fugace obbedisce a un disegno invisibile e può coronare, o inaugurare, una forma segreta. So che alcuni operavano il male affinché nei secoli futuri ne derivasse il bene, o ne fosse derivato in quelli passati... Visti in tal modo, tutti i nostri atti sono giusti, ma sono anche indifferenti. Non esistono meriti morali o intellettuali. Omero compose l'*Odissea*; dato un tempo infinito, con infinite circostanze e mutamenti, l'impossibile è non comporre, almeno una volta, l'*Odissea*. Nessuno è qualcuno, un solo uomo immortale è tutti gli uomini. Come Cornelio Agrippa, sono dio, sono eroe, sono filosofo, sono demonio e sono mondo, il che è un modo complicato di dire che non sono.

Il concetto del mondo come sistema di precise compensazioni influí largamente sugl'Immortali. Prima di tutto, li rese invulnerabili alla pietà. Ho parlato delle antiche cave che rompevano la pianura dell'altra riva del fiume; un uomo precipitò nella piú profonda; non poteva ferirsi né morire, ma lo ardeva la sete; prima che gli gettassero una corda passarono settanta anni. Neppure il destino personale interessava. Il corpo era un docile animale domestico e gli bastava, ogni mese, l'elemosina di qualche ora di sonno, d'un po' d'acqua e di un brandello di carne. Ma non ci si creda asceti. Non c'è piacere piú complesso del pensiero e ci abbandonavamo ad esso. A volte, uno stimolo straordinario ci restituiva al mondo fisico. Ad esempio, quella mattina, il vecchio godimento elementare della pioggia. Ma erano momenti rarissimi; tutti gl'Immortali erano capaci di quiete perfetta; ne ricordo uno che non ho mai visto in piedi: un uccello gli faceva il nido in petto.

Tra i corollari della dottrina che non c'è cosa che non sia compensata da un'altra, ve n'è uno di poca importanza teorica, ma che c'indusse, alla fine o all'inizio del secolo X, a disperderci per la faccia della terra. È contenuto in queste parole: *Esiste un fiume le cui acque danno l'immortalità; in qualche regione vi sarà un altro fiume, le cui acque la tolgono. Il numero dei fiumi non è infinito;* un viaggiatore immortale che percorra il mondo finirà, un giorno, con l'aver bevuto da tutti. Ci proponemmo di scoprire quel fiume.

La morte (o la sua allusione) rende preziosi e patetici gli uomini. Questi commuovono per la loro condizione di fantasmi; ogni atto che compiono può esser l'ultimo; non c'è volto che non sia sul punto di cancellarsi come il volto d'un sogno. Tutto, tra i mortali, ha il valore dell'irrecuperabile e del casuale. Tra gl'Immortali, invece, ogni atto (e ogni pensiero) è l'eco d'altri che nel passato lo precedettero, senza principio visibile, o il fedele presagio di altri che nel futuro lo ripeteranno fino alla vertigine. Non c'è cosa che non sia come perduta tra infaticabili specchi. Nulla può accadere una sola volta, nulla è preziosamente precario. Ciò ch'è elegiaco, grave, rituale, non vale per gli Immortali. Omero ed io ci separammo alle porte di Tangeri; credo senza dirci addio

V

Percorsi nuovi regni, nuovi imperi. Nell'autunno del 1066 militai sul ponte di Stamford, non ricordo piú se nelle file di Harold, che non tardò a trovare il suo destino, o in quelle dell'infausto Harald Hardrada che si conquistò sei piedi di terra inglese, o poco piú. Nel settimo secolo dell'Egira, nel sobborgo di Bulaq, trascrissi con lenta calligrafia, in un idioma che ho dimenticato, in un alfabeto che ignoro, i sette viaggi di Sinbad e la storia della Città di Bronzo. In un cortile del carcere di Samarcanda ho giocato lungamente agli scacchi. A Bikanir ho professato l'astrologia, e cosí in Boemia. Nel 1638 mi trovai a Kolozsvár e poi a Leipzig. Ad Aberdeen, nel 1714, mi sottoscrissi ai sei volumi dell'*Iliade* di Pope; so che li lessi con diletto. Intorno al 1729 discussi l'origine di quel poema con un professore di retorica, chiamato, credo, Giambattista; le sue ragioni mi parvero inconfutabili. Il quattro ottobre del 1921, il *Patna*, che mi portava a Bombay, dovette gettar l'àncora in un porto della costa eritrea.[1] Scesi a terra; ricordai altre mattine, antichissime, trascorse anch'esse di fronte al Mar Rosso quand'ero tribuno di Roma e la febbre, la magia e l'inazione consumavano i soldati. Alla periferia della città, vidi un corso d'acqua limpida; ne bevvi, spinto dall'abitudine. Mentre risalivo la riva, un albero spinoso mi lacerò il dorso della mano. L'insolito dolore mi parve acutissimo. Incredulo, silenzioso e felice, contemplai il prezioso formarsi d'una lenta goccia di sangue. Sono di nuovo mortale, mi ripetei, sono di nuovo simile a tutti gli uomini. Quella notte dormii fino all'alba.

... Ho riletto, dopo un anno, queste pagine. So che non si scostano dalla verità, ma nei primi capitoli, e

[1] C'è una cancellatura nel manoscritto; forse il nome del porto è stato cancellato.

in certi paragrafi degli altri, mi pare di avvertire qualcosa di falso. Ciò dipende, forse, dall'abuso di particolari, procedimento che appresi dai poeti e che contamina tutto di falsità, giacché i particolari possono abbondare nei fatti ma non nella memoria di essi... Ma credo di aver scoperto una ragione piú intima. La scriverò; non importa che mi giudichino fantasioso.

La storia che ho narrata sembra irreale perché in essa si mescolano gli avvenimenti di due uomini distinti. Nel primo capitolo, il cavaliere vuole sapere il nome del fiume che bagna le mura di Tebe; Flaminio Rufo, che prima ha dato alla città l'epiteto di Hekatompylos, dice che il fiume è l'Egitto; nessuna di queste locuzioni si adatta a lui ma ad Omero, il quale fa espressa menzione, nell'*Iliade*, di Tebe Hekatompylos, e nell'*Odissea*, per bocca di Proteo e di Ulisse, dice invariabilmente Egitto per Nilo. Nel secondo capitolo, il romano, nel bere l'acqua che rende immortali, pronuncia alcune parole in greco; quelle parole sono d'Omero e le si può trovare alla fine del famoso elenco delle navi. Piú avanti, nel vertiginoso palazzo, parla di "una riprovazione ch'era quasi rimorso"; queste parole si addicono ad Omero, che aveva immaginato quell'orrore. Tali anomalie m'inquietarono; altre, d'ordine estetico, mi permisero di scoprire la verità. Esse si trovano nell'ultimo capitolo; in esso è scritto che militai sul ponte di Stamford, che trascrissi, a Bulaq, i viaggi di Sinbad il Marinaio e che mi sottoscrissi, in Aberdeen, all'*Iliade* inglese di Pope. Vi si legge, *inter alia*: "A Bikanir ho professato l'astrologia, e cosí in Boemia." Nessuna di queste testimonianze è falsa; ma è significativo che esse siano state messe in evidenza. La prima sembra convenire a un uomo di guerra, ma poi si osserva che il narratore non s'interessa dei particolari della battaglia, bensí della sorte degli uomini. Le seguenti sono piú curiose. Un'oscura ragione elementare mi obbligò ad annotarle; lo feci perché sapevo ch'erano patetiche. Non lo sono, se dette dal romano Flaminio Rufo. Lo sono, dette da Omero; è strano che questi copii, nel secolo tredicesimo, le avventure di Sinbad, di un altro Ulisse, e scopra, tanti secoli dopo, in un regno nordico e in un idioma barbaro, le forme della sua *Iliade*. Quanto alla frase dove appare il nome di Bikanir, si vede che l'ha forgiata un uomo di lettere, desideroso (come· l'autore dell'elenco delle navi) di ostentare vocaboli splendidi.[2]

Quando s'avvicina la fine, non restan piú immagini del ricordo; restano solo parole. Non è da stupire che il tempo abbia confuso quelle che un giorno mi rappresentarono con quelle che furono simboli della sorte di chi mi accompagnò per tanti secoli. Io

[2] Ernesto Sabato suggerisce che il "Giambattista" che discusse la formazione dell'*Iliade* con l'antiquario Cartaphilus sia Giambattista Vico; questi sosteneva che Omero è un personaggio simbolico, al modo di Plutone o di Achille.

sono stato Omero; tra breve, sarò Nessuno, come Ulisse; tra breve, sarò tutti: sarò morto.

Postilla del 1950. Tra i commenti che ha suscitati la pubblicazione di quanto precede, il più curioso, se non il più urbano, s'intitola A coat of many colours *(Manchester, 1948) ed è opera della tenacissima penna del dottor Nahum Cordovero. Consta d'un centinaio di pagine. Vi si parla dei centoni greci, di quelli della bassa latinità, di Ben Jonson, il quale definì i suoi contemporanei con brani di Seneca, del* Virgilius evangelizans *di Alexander Ross, degli artifici di George Moore e di Eliot e, alla fine, della " narrazione attribuita all'antiquario Joseph Cartaphilus." L'autore denuncia, nel primo capitolo, brevi interpolazioni di Plinio (Historia naturalis, V, 8); nel secondo, di Thomas De Quincey (Writings, III, 439); nel terzo, di un'epistola di Descartes all'ambasciatore Pierre Chanut; nel quarto, di Bernard Shaw (Back to Methuselah, V). Da queste intrusioni, o furti, deduce che tutto il documento è apocrifo.*

A mio giudizio, la conclusione è inammissibile. Quando s'avvicina la fine, *scrisse Cartaphilus,* non restano più immagini del ricordo; restano solo parole. *Parole, parole sradicate e mutilate, parole di altri, fu la povera elemosina che gli lasciarono le ore e i secoli.*

Il morto

Che un uomo del suburbio di Buenos Aires, un tristo bravaccio senz'altre doti che l'infatuazione del coraggio, s'interni nei deserti battuti da cavalli della frontiera brasiliana e divenga capo di contrabbandieri, sembra a prima vista impossibile. A chi la pensa cosí, voglio narrare il destino di Benjamín Otálora, di cui forse non resta ricordo nel quartiere di Balvanera e che morí secondo il suo stile, ucciso da un colpo di pistola, ai confini di Río Grande do Sul. Ignoro i particolari della sua avventura; quando mi saranno rivelati, rettificherò e amplierò queste pagine. Per il momento, può bastare questo riassunto.

Benjamín Otálora conta, intorno al 1891, diciannove anni. È un ragazzone dalla fronte bassa, dagli schietti occhi chiari, d'una robustezza da basco; un colpo di pugnale fortunato gli ha rivelato ch'è un uomo coraggioso; non lo preoccupa la morte dell'avversario, e neppure l'immediata necessità di fuggire dalla Repubblica. Il capobanda del quartiere gli dà una lettera per un certo Azevedo Bandeira, dell'Uruguay. Otálora s'imbarca, la traversata è tormentosa e sinistra di scricchiolii; il giorno dopo, vaga per le strade di Montevideo, con inconfessata e forse ignorata tristezza. Non trova Azevedo Bandeira; verso la mezzanotte, in un fondaco del Passo del Mulino, assiste a un alterco tra bovari. Un coltello brilla; Otálora non sa da quale parte stia la ragione, ma lo attira il mero sapore del pericolo, come altri il mazzo di carte o la musica. Para, nella zuffa, una pugnalata bassa che uno dei mandriani assesta a un uomo in cappello nero e poncio. Questi, poi, si viene a sapere che è Azevedo Bandeira. (Otálora, allora, strappa la lettera, perché preferisce dovere tutto a se stesso.)

Azevedo Bandeira, benché robusto, produce l'inspiegabile impressione d'essere contraffatto; nel suo volto, sempre troppo vicino, si fondono l'ebreo, il negro e l'indio; nel suo aspetto, la scimmia e la tigre; la cicatrice che gli taglia la faccia ne è un ornamento, come i neri e ispidi baffi.

Proiezione o errore dell'alcool, l'alterco cessa con la stessa rapidità con cui è cominciato. Otálora beve coi bovari e poi va con loro a una festa, e poi in una casaccia della Città Vecchia, che il sole è già alto. Nell'ultimo cortile, che è di terra battuta, gli uomini si gettano giú a dormire appoggiati alle selle. Oscuramente, Otálora paragona la notte trascorsa alla precedente; ormai calpesta terra ferma, è tra amici. L'inquieta soltanto un po' il rimorso di non provare nostalgia per Buenos Aires. Dorme fino all'avemaria; lo sveglia il mandriano che ha aggredito, ubriaco,

Bandeira. (Otálora ricorda che quell'uomo ha diviso con gli altri la notte di tumulto e d'allegria e che Bandeira l'ha fatto sedere alla sua destra e l'ha costretto a bere ancora.) L'uomo gli dice che il padrone lo vuole vedere. In una specie di studio che s'affaccia sull'ingresso (Otálora non ha mai visto un ingresso sul quale s'aprano porte) lo sta aspettando Azevedo Bandeira, con una bianca e sdegnosa donna dai capelli rossi. Bandeira lo esamina, gli offre un bicchiere di acquavite, gli dice che lo considera un uomo coraggioso, gli propone di andare al Nord con gli altri a condurre una mandria. Otálora accetta; all'alba sono in cammino, diretti a Tacuarembó.

Comincia ora per Otálora una vita diversa, una vita di vaste mattine e di giornate che hanno l'odore del cavallo. Quella vita è nuova per lui, e a volte atroce, ma l'ha già nel sangue, perché come gli uomini d'altri paesi venerano e presentono il mare, cosí noi (anche l'uomo che intesse questi simboli) agognamo la pianura infinita che risuona sotto gli zoccoli. Otálora è cresciuto nei quartieri dei carrettieri e dei cavalli; in meno di un anno diventa un *gaucho*. Impara a domare i puledri, a formare le mandrie, a macellare, a maneggiare il laccio che immobilizza e le corde a palle che atterrano, a resistere al sonno, alle tormente, alla gelata e al sole, a incitare col fischio e col grido. Una volta soltanto, durante questo periodo di tirocinio, vede Azevedo Bandeira, ma l'ha sempre presente, perché essere *uomo di Bandeira* vuol dire essere considerato e temuto e perché, di fronte a qualsiasi bravura, i *gauchos* dicono che Bandeira la fa meglio. C'è chi crede che Bandeira sia nato dall'altro lato del Cuareim, in Río Grande do Sul; questo, che dovrebbe diminuirlo, lo arricchisce oscuramente di selve popolose, di paludi, d'inestricabili e quasi infinite distanze. Gradatamente, Otálora capisce che i traffici di Bandeira sono molteplici e che il piú importante è il contrabbando. Essere mandriano è essere un servo; Otálora si propone di salire al rango di contrabbandiere. Due dei suoi compagni, una notte, devono passare il confine e tornare con una partita di acquavite; Otálora provoca uno di essi, lo ferisce e prende il suo posto. Lo muove l'ambizione e anche un'oscura fedeltà. *Costui* (pensa) *dovrà finire col capire che io valgo piú di tutti i suoi uruguayani messi insieme.*

Passa un altro anno prima che Otálora torni a Montevideo. Percorrono i sobborghi, la città (che a Otálora sembra grandissima); giungono alla casa del padrone; gli uomini si dispongono a dormire nell'ultimo cortile. Passano i giorni e Otálora non ha ancora visto Bandeira. Dicono, con timore, che è malato; un negro suole salire alla sua stanza col bricco e col *mate*. Una sera, danno questo incarico a Otálora. Egli si sente vagamente umiliato, ma allo stesso tempo soddisfatto.

La stanza è cadente e oscura. C'è un balcone che guarda a occidente, un lungo tavolo con uno splendente disordine di fruste, staffili, cinture, armi da fuoco e armi bianche; un remoto specchio dal cristallo offuscato. Bandeira giace supino; sogna e si lamenta; una fiammata d'ultimo sole lo disegna. Il vasto letto bianco sembra diminuirlo e oscurarlo; Otálora nota i capelli bianchi, la stanchezza, la debolezza, le crepe degli anni. Lo indigna che quel vecchio li comandi. Pensa che un colpo basterebbe a disfarsene. In quel momento, vede nello specchio che qualcuno è entrato. È la donna dai capelli rossi; è seminuda e scalza e l'osserva con fredda curiosità. Bandeira si leva a sedere; mentre parla di cose della campagna e beve *mate* su *mate*, le sue dita giuocano con le trecce della donna. Finalmente, congeda Otálora.

Alcuni giorni dopo, viene l'ordine di andare al nord. Giungono a una fattoria perduta, in un luogo qualsiasi dell'interminabile pianura. Né alberi né un ruscello l'allietano, il primo e l'ultimo sole la battono. Vi sono cortili lastricati per gli animali, che hanno un aspetto misero. *Il Sospiro* si chiama quella povera fattoria.

Otálora sente, in un circolo di bovari, che Bandeira giungerà presto da Montevideo. Domanda perché; qualcuno risponde che c'è un forestiero messosi a *gaucho* che vuole comandare troppo. Otálora capisce che è uno scherzo, ma lo lusinga che quello scherzo sia già possibile. Viene a sapere, poi, che Bandeira s'è inimicato uno dei capi politici e che questi gli ha tolto il suo appoggio. La notizia lo rallegra.

Giungono casse di armi; giunge una brocca e un piatto d'argento per la stanza della donna; giungono cortine d'intricato damasco; giunge dalle colline, una mattina, un cavaliere fosco, con barba fitta e poncio. Si chiama Ulpiano Suárez ed è il *capanga* o guardia del corpo di Azevedo Bandeira. Parla poco e alla brasiliana. Otálora non sa se attribuire la sua riserva a ostilità, a disdegno o a mera barbarie. Sa, però, che per il piano che sta macchinando deve guadagnarsi la sua amicizia.

Entra poi nel destino di Benjamín Otálora un cavallo rosso di muso e zampe neri che porta dal sud Azevedo Bandeira e che ostenta sella sbalzata e copertura col bordo di pelle di tigre. Quel cavallo generoso è un simbolo dell'autorità del padrone e per questo lo ambisce il giovane, che giunge anche a desiderare, con desiderio e rancore, la donna dai capelli splendenti. La donna, la sella e il rosso cavallo sono attributi di un uomo ch'egli aspira a distruggere.

Qui la storia si complica e approfondisce. Azevedo Bandeira è maestro nell'arte dell'intimidazione progressiva, nella satanica manovra di umiliare l'interlocutore gradualmente, mescolando la verità allo scherzo; Otálora decide di applicare quel metodo ambiguo all'arduo compito che si propone. Decide di soppiantare, lentamente, Azevedo Bandeira. Conquista, in giornate di pericolo comune, l'amicizia di Suárez. Gli confida il suo piano; Suárez gli promette il suo aiuto. Molte cose accadono poi, delle quali conosco solo alcune. Otálora non obbedisce a Bandeira; prende a dimenticare, a correggere, a invertire i suoi ordini. L'universo sembra cospirare con lui e precipita i fatti. Un giorno, si verifica nella campagna di Tacuarembó una sparatoria con uomini di Río Grande; Otálora usurpa il posto di Bandeira e comanda gli uruguayani. Una pallottola gli fora la spalla, ma quella sera Otálora torna al *Sospiro* sul cavallo rosso del capo, quella sera gocce del suo sangue macchiano la pelle di tigre e quella notte egli dorme con la donna dai capelli splendenti. Altre versioni mutano l'ordine di questi fatti e negano che essi si siano verificati in un solo giorno.

Bandeira, però, è sempre nominalmente il capo. Dà ordini che non sono eseguiti; Benjamín Otálora non lo tocca, per un misto d'abitudine e di compassione.

L'ultima scena della storia è in relazione al tumulto dell'ultima notte del 1894. Quella notte, gli uomini del *Sospiro* mangiano carne appena macellata e bevono un alcool da rissa; qualcuno infinitamente tenta una chitarra. A capotavola, Otálora, ubriaco, erige esultazione su esultazione, giubilo su giubilo; quella torre di vertigini è un simbolo del suo inarrestabile destino. Bandeira, taciturno tra i gridi, lascia che scorra clamorosa la notte. Quando i dodici suoni di campana rintoccano, s'alza come chi ricorda un impegno. S'alza e batte dolcemente alla porta della donna. Questa gli apre subito, come se attendesse la chiamata. Esce seminuda e scalza. Con voce che si fa sottile e strisciante, il capo le ordina: "Giacché tu e l'argentino vi amate tanto, va subito a dargli un bacio davanti a tutti."

Aggiunge un particolare brutale. La donna vuole resistere, ma due uomini la prendono per le braccia e la gettano su Otálora. Accecata dalle lagrime, gli bacia la faccia e il petto. Ulpiano Suárez ha impugnato la pistola. Otálora comprende, prima di morire, che dal primo istante l'hanno tradito, che è stato condannato a morte, che gli hanno permesso l'amore, il comando e il trionfo, perché lo davano già per morto, perché per Bandeira era già morto.

Suárez, quasi con disdegno, fa fuoco.

I *teologi*

Devastato il giardino, profanati i calici e gli altari, gli unni entrarono a cavallo nella biblioteca del monastero e lacerarono i libri incomprensibili, li oltraggiarono e li dettero alle fiamme, temendo forse che le pagine accogliessero bestemmie contro il loro dio, che era una scimitarra di ferro. Bruciarono palinsesti e codici, ma nel cuore del rogo, tra la cenere, rimase quasi intatto il libro dodicesimo della *Civitas Dei*, dove si narra che Platone insegnò in Atene che, alla fine dei secoli, tutte le cose riacquisteranno il loro stato anteriore ed egli, in Atene, davanti allo stesso uditorio, insegnerà nuovamente tale dottrina. Il testo rispettato dalle fiamme godette d'una venerazione speciale e coloro che lo lessero e rilessero in quella remota provincia dimenticarono che l'autore aveva esposto una tale dottrina solo per poter meglio confutarla. Un secolo piú tardi, Aureliano, coadiutore di Aquileia, apprese che alle rive del Danubio la nuova setta dei *monotoni* (chiamati anche *anulari*) affermava che la storia è un circolo e che nulla esiste che non sia già stato e che non sarà nuovamente. Sulle montagne, la Ruota e il Serpente avevano sostituito la Croce. Tutti temevano, ma li confortava la voce che Giovanni di Pannonia, che s'era distinto con un trattato sul settimo attributo di Dio, avrebbe impugnato una cosí abominevole eresia.

Aureliano deplorò le nuove, soprattutto l'ultima. Sapeva che, in materia teologica, non c'è novità senza rischio; poi rifletté che la tesi di un tempo circolare era troppo dissimile, troppo stupefacente, perché il rischio fosse grave. (Le eresie che dobbiamo temere sono quelle che possono confondersi con l'ortodossia.) Maggiormente gli dolse l'intervento — l'intrusione — di Giovanni di Pannonia. Due anni prima, questi aveva usurpato col suo verboso *De septima affectione Dei sive de aeternitate* un argomento riservato ad Aureliano; ora, come se il problema del tempo gli appartenesse, si apprestava a correggere, forse con argomenti di Procusto, con rimedi piú temibili del Serpente, gli anulari... Quella notte, Aureliano sfogliò le pagine dell'antico dialogo di Plutarco sulla fine degli oracoli; al paragrafo ventinove, lesse una beffa contro gli stoici che sostengono un infinito ciclo di mondi, con infiniti soli, lune, Apolli, Diane e Poseidoni. La scoperta gli parve un pronostico favorevole; risolse di precedere Giovanni di Pannonia e di confutare gli eretici della Ruota.

C'è chi cerca l'amore di una donna per dimenticarsi di lei, per non pensare piú a lei; Aureliano, allo stesso modo, voleva superare Giovanni di Pannonia per guarire dal rancore che questi gl'infondeva, non per nuocergli. Preso dal lavoro, dalla costruzione di sillogismi e dall'invenzione d'ingiurie, dai *nego*, gli *autem* e i *nequaquam*, dimenticò il rancore. Eresse vasti e quasi inestricabili periodi, folti d'incisi, dove la negligenza e l'errore parevano forme del disdegno. Della cacofonia si fece uno strumento. Previde che Giovanni avrebbe fulminato gli anulari con gravità profetica; optò, per non coincidere con lui, per lo scherno. Agostino aveva scritto che Gesú è la via retta che ci salva dal labirinto circolare nel quale vagano gli empi; Aureliano, laboriosamente comune, li paragonò a Issione, al fegato di Prometeo, a Sisifo, a quel re di Tebe che vide due soli, alla balbuzie, a pappagalli, ad echi, a mule di noria e a sillogismi bicornuti. (Le favole dei gentili duravano ancora, ridotte a ornamento.) Come tutti coloro che possiedono una biblioteca, Aureliano si sapeva colpevole di non conoscerla completamente; quella controversia gli permise di compiere un atto riparatore verso molti libri che parevano rimproverargli la sua negligenza. Cosí poté incastonare un passo dell'opera *De principiis* di Origene, dove si nega che Giuda Iscariota tornerà a vendere il Signore, e Paolo ad assistere in Gerusalemme al martirio di Stefano; e un altro degli *Accademica priora* di Cicerone, nel quale questi si burla di coloro che sognano che, mentre egli conversa con Lucullo, altri Luculli e altri Ciceroni, in numero infinito, dicono esattamente le stesse cose, in infiniti mondi uguali. Infine si valse contro i monotoni del testo di Plutarco, denunciando come uno scandalo il fatto che sapesse servirsi meglio un idolatra del *lumen naturae*, che essi della parola di Dio. Nove giorni gli prese quel lavoro; il decimo, gli fu consegnata una copia della confutazione di Giovanni di Pannonia.

Era quasi irrisoriamente breve; Aureliano la guardò con disdegno, poi con timore. La prima parte glossava i versetti finali del nono capitolo dell'Epistola agli Ebrei, dove si dice che Gesú non fu sacrificato molte volte dal principio del mondo, ma una sola nella consumazione dei secoli. La seconda citava il precetto biblico sulle vane ripetizioni dei gentili (Matteo, 6:7) e quel passo del settimo libro di Plinio, che sostiene che nel vasto universo non vi sono due facce uguali. Giovanni di Pannonia affermava che neppure ci sono due anime uguali e che il peccatore piú vile è prezioso quanto il sangue sparso per lui da Gesú Cristo. L'atto d'un solo uomo (affermava) pesa piú che i nove cieli concentrici e fantasticare che possa perdersi e ripetersi è una complicata sciocchezza. Il tempo non torna a fare ciò che perdiamo; l'eternità lo conserva per il gaudio o per il fuoco eterni. Il trattato era limpido, universale; non sembrava scritto da una persona concreta, ma da qualunque uomo, o forse da tutti gli uomini.

Aureliano sentí un'umiliazione quasi fisica. Pensò di distruggere o modificare il proprio lavoro; poi, con vendicativa probità, lo mandò a Roma senza mutarvi una virgola. Mesi piú tardi, quando si riuní il concilio di Pergamo, il teologo incaricato di impugnare gli errori dei monotoni fu, com'era da prevedere, Giovanni di Pannonia; la sua dotta e misurata confutazione bastò perché Euforbo, eresiarca, fosse condannato al rogo. "Questo è occorso e tornerà ad occorrere," disse Euforbo. "Non accendete un rogo, ma un labirinto di fuoco. Se si unissero qui tutti i roghi che io son stato, non basterebbe la terra a contenerli e gli angeli rimarrebbero ciechi. Questo, l'ho detto molte volte." Poi gridò, perché le fiamme lo raggiunsero.

La Ruota cadde davanti alla Croce,[1] ma Aureliano e Giovanni continuarono la loro battaglia segreta. Militavano entrambi nello stesso esercito, bramavano lo stesso premio, guerreggiavano contro lo stesso Nemico, ma Aureliano non scrisse una sola parola che inconfessabilmente non tendesse a superare Giovanni. Il loro duello fu invisibile; se i copiosi indici non mi ingannano, non una volta il nome dell'*altro* figura nei molti volumi di Aureliano conservati nella Patrologia di Migne. (Delle opere di Giovanni, non son rimaste che venti parole.) Ambedue disapprovarono gli anatemi del secondo concilio di Costantinopoli; ambedue perseguitarono gli ariani, che negavano la generazione eterna del Figlio; ambedue attestarono

---

[1] Nelle croci runiche i due emblemi nemici convivono, intrecciati.

l'ortodossia della *Topographia christiana* di Cosmas, che insegna che la terra è quadrangolare, come il tabernacolo. Disgraziatamente, pei quattro angoli della terra si sparse un'altra tempestosa eresia. Originaria dell'Egitto o dell'Asia (giacché le testimonianze differiscono e Bousset non vuole ammettere le ragioni di Harnack), infestò le province orientali ed eresse santuari in Macedonia, a Cartagine e a Treviri. Parve trovarsi dappertutto; si disse che nella diocesi di Britannia erano stati capovolti i crocifissi e che l'immagine del Signore, in Cesarea, era stata soppiantata da uno specchio. Lo specchio e l'obolo erano gli emblemi dei nuovi scismatici.

La storia li conosce sotto vari nomi (*speculari, abissali, cainiti*), ma di tutti il più fortunato è quello di *istrioni*, che Aureliano dette loro e che essi temerariamente adottarono. In Frigia li dissero *simulacri*, e cosí in Dardania. Giovanni Damasceno li chiamò *forme*; ma è bene avvertire che il passo è stato rifiutato da Erfjord. Non c'è eresiologo che non riferisca con stupore i loro stravaganti costumi. Molti istrioni professarono l'ascetismo; qualcuno si mutilò come Origene; altri vissero sotto terra, nelle cloache; altri si strapparono gli occhi; altri (i *nabucodonosori* di Nitria) "pascevano come i buoi e sul loro corpo cresceva una peluria come d'aquila." Dalla mortificazione e dal rigore passavano, spesso, al delitto; certe comunità tolleravano il furto; altre, l'omicidio; altre, la sodomia, l'incesto e la bestialità. Tutte poi erano blasfeme, e maledicevano non solo il Dio cristiano ma anche le arcane divinità del loro Panteon. Tramarono libri sacri, la cui scomparsa è deplorata dai dotti. Sir Thomas Browne, intorno al 1658, scrisse: "Il tempo ha annientato gli ambiziosi Vangeli *Istrionici*, non le Ingiurie con cui si fustigò la loro Empietà"; Erfjord ha suggerito che le "ingiurie" (conservate in un codice greco) possano essere gli evangeli perduti. Ciò è incomprensibile, se si ignora la cosmologia degli istrioni.

Nei libri ermetici è scritto che quel che sta in basso è uguale a quel che sta in alto, e quel che sta in alto uguale a quel che sta in basso; nello *Zohar*, che il mondo inferiore è un riflesso di quello superiore. Gli istrioni fondarono la loro dottrina su un pervertimento di quell'idea. Invocarono Matteo, 6:12 ("rimetti a noi i nostri debiti, come noi li rimettiamo ai nostri debitori") e 11:12 ("il regno dei cieli patisce violenza") per dimostrare che la terra influisce sul cielo; e la prima epistola ai Corinzi, 13:12 ("ora vediamo attraverso uno specchio, in enigma") per sostenere che quanto vediamo è falso. Contagiati forse dai monotoni, immaginarono che ogni uomo è due uomini e che il vero è l'altro, quello che sta in cielo. Immaginarono anche che i nostri atti gettino un riflesso invertito, di modo che se noi vegliamo, l'altro dorme, se fornichiamo, l'altro è casto, se rubiamo, l'altro dà del suo. Morti, ci uniremo a lui e saremo lui. (Un'eco di tali dottrine perdura in Bloy.) Altri istrioni sostennero che il mondo avrebbe avuto fine quando si fosse esaurito il numero delle sue possibilità; giacché non possono esservi ripetizioni, il giusto deve eliminare (commettere) gli atti piú infami, affinché questi non macchino il futuro e per affrettare l'avvento del regno di Gesú. Questo articolo fu negato da altre sette, le quali sostennero che la storia del mondo deve compiersi in ogni uomo. I piú, come Pitagora, dovranno trasmigrare attraverso molti corpi prima di ottenere la loro liberazione; alcuni, i proteici, "nel termine d'una sola vita sono leoni, sono dragoni, sono cinghiali, sono acqua e sono albero." Demostene narra la purificazione per mezzo del fango alla quale erano sottoposti gl'iniziati ai misteri orfici; i proteici, per analogia, cercarono la purificazione per mezzo del male. Credettero, come Carpocrate, che nessuno uscirà dal carcere prima di pagare fino all'ultimo obolo (Luca, 12:59), ed erano soliti abbagliare i penitenti con quest'altro versetto: "Sono venuto affinché gli uomini abbiano vita e l'abbiano in abbondanza" (Giovanni, 10:10). Dicevano anche che non essere malvagi è un atto di superbia satanica... Molte e divergenti mitologie ordirono gl'istrioni; gli uni predicarono l'ascetismo, gli altri la licenza, tutti la confusione. Teopompo, istrione di Berenice, negò tutte le favole; disse che ciascun uomo è un organo che la divinità proietta per sentire il mondo.

Gli eretici della diocesi di Aureliano erano di

quelli che affermavano che il tempo non tollera ripetizioni, non di quelli che affermavano che ogni atto si riflette in cielo. La circostanza era insolita; in una relazione alle autorità romane, Aureliano la menzionò. Il prelato che avrebbe ricevuto la relazione era confessore dell'imperatrice; nessuno ignorava che quel ministero esigente gli vietava le intime delizie della teologia speculativa. Il suo segretario — antico collaboratore di Giovanni di Pannonia, ora inimicatosi con lui — godeva della fama di tenace inquisitore di eterodossie; Aureliano aggiunse un'esposizione dell'eresia istrionica, cosí come appariva nelle sette di Genova e d'Aquileia. Stese alcuni paragrafi; quando volle scrivere la tesi atroce che non ci sono due istanti uguali, la sua penna si fermò. Non trovò la formula necessaria; gli enunciati della nuova dottrina ("Vuoi vedere cosa non vista da occhi umani? Guarda la luna. Vuoi udire cosa non udita da orecchio? Ascolta il grido dell'uccello. Vuoi toccare cosa non toccata da mano? Tocca la terra. In verità io dico che Dio deve ancora creare il mondo") erano troppo artificiosi e metaforici per esser trascritti. All'improvviso una frase di venti parole si presentò al suo spirito. La scrisse, gioioso; subito dopo, lo turbò il sospetto che fosse d'altri. Il giorno seguente, ricordò che l'aveva letta molti anni prima nell'*Adversus anulares* che aveva composto Giovanni di Pannonia. Controllò la citazione; era là. L'incertezza prese a tormentarlo. Variare o sopprimere quelle parole significava indebolire l'espressione; lasciarle, era plagiare un uomo ch'egli aborriva; indicare la fonte equivaleva a denunciarlo. Implorò il soccorso divino. All'inizio del secondo crepuscolo, il suo angelo custode gli dettò una soluzione intermedia. Aureliano conservò le parole, ma premise loro questo avvertimento: *Quel che ora latrano gli eresiarchi a confusione della fede, lo disse in questo secolo un uomo dottissimo, con piú leggerezza che colpa.* Poi, accadde il temuto, l'atteso, l'inevitabile. Aureliano dovette dichiarare chi era quell'uomo; Giovanni di Pannonia fu accusato di professare opinioni eretiche.

Quattro mesi dopo, un fabbro dell'Aventino, allucinato dagl'inganni degli istrioni, collocò sulle spalle del figlioletto una grande sfera di ferro, perché il suo " doppio " volasse. Il bambino morí; l'orrore generato dal delitto impose una severità senza pari ai giudici di Giovanni. Questi non volle ritrattarsi; ripeté che negare la sua proposizione equivaleva ad incorrere nella pestilenziale eresia dei monotoni. Non capí (non volle capire) che parlare dei monotoni era parlare di cosa dimenticata. Con insistenza alquanto senile, prodigò i periodi piú brillanti delle sue vecchie polemiche; i giudici neppure ascoltavano argomenti che una volta li avevano affascinati. Invece di cercare di purificarsi della piú lieve macchia d'istrionismo, Giovanni si sforzò di dimostrare che la proposizione di cui lo accusavano era rigorosamente ortodossa. Discusse con gli uomini dal cui verdetto dipendeva la sua sorte, e commise l'estremo errore di farlo con ingegno e ironia. Il ventisei ottobre, al termine d'una discussione durata tre giorni e tre notti, lo condannarono a morire sul rogo.

Aureliano assistette all'esecuzione, perché il non assistervi avrebbe significato confessarsi colpevole. Il luogo del supplizio era una collina, sulla cui verde cima era un palo, conficcato profondamente nel suolo, e intorno molti fastelli di legna. Un ministro lesse la sentenza del tribunale. Sotto il sole di mezzogiorno, Giovanni di Pannonia giaceva con la faccia nella polvere, lanciando urla bestiali. Graffiava la terra, ma i carnefici lo strapparono dal suolo, lo spogliarono e infine lo legarono al legno. Sulla testa gli posero una corona di paglia cosparsa di zolfo; accanto, un esemplare del pestilente *Adversus anulares*. Era piovuto la notte, e la legna ardeva male. Giovanni di Pannonia pregò in greco e poi in un idioma sconosciuto. Il rogo stava per prenderselo, quando Aureliano osò alzare gli occhi. Le lingue ardenti si arrestarono; Aureliano vide per la prima e l'ultima volta il volto dell'odiato. Gli ricordò quello di qualcuno, ma non poté precisare di chi. Poi, le fiamme lo perdettero; gridò, e fu come se un incendio gridasse.

Plutarco ha narrato che Giulio Cesare pianse la morte di Pompeo; Aureliano non pianse quella di Giovanni, ma provò quello che proverebbe un uomo guarito da una malattia incurabile, che fosse ormai parte della sua vita. In Aquileia, in Efeso, in Macedonia, lasciò che su lui passassero gli anni. Cercò gli ardui confini dell'Impero, le lente paludi e i contemplativi deserti, perché la solitudine lo aiutasse a comprendere il proprio destino. In una cella della Mauritania, nella notte folta di leoni, ripensò alla complessa accusa contro Giovanni di Pannonia e giustificò, per l'ennesima volta, il giudizio. Piú fatica gli costò giustificare la sua tortuosa denuncia. In Rusaddir predicò l'anacronistico sermone *Luce delle luci accesa nella carne d'un reprobo*. In Ibernia, in una delle capanne d'un monastero circondato dalla selva, lo sorprese una notte, verso l'alba, il rumore della pioggia. Ricordò una notte romana in cui, allo stesso modo, l'aveva sorpreso quel minuzioso rumore. Un fulmine, a mezzogiorno, incendiò gli alberi, e Aureliano morí com'era morto Giovanni.

La fine della storia è riferibile solo in metafore, giacché si compie nel regno dei cieli, dove non esiste il tempo. Si potrebbe forse dire che Aureliano conversò con Dio e che Questi s'interessa cosí poco di divergenze religiose che lo prese per Giovanni di Pannonia. Ma questo indurrebbe a sospettare una confusione della mente divina. È piú esatto dire che nel paradiso Aureliano seppe che per l'insondabile divinità egli e Giovanni di Pannonia (l'ortodosso e l'eretico, l'aborritore e l'aborrito, l'accusatore e la vittima) formavano una sola persona.

Storia del guerriero e della prigioniera

a Ulrike von Kühlmann

A pagina 278 del libro *La poesia* (Bari, 1942), Croce, riassumendo un testo latino dello storico Paolo Diacono, narra la sorte e cita l'epitaffio di Droctulft; ne fui singolarmente commosso, e in seguito compresi perché. Droctulft fu un guerriero longobardo che, durante l'assedio di Ravenna, abbandonò i suoi e morí difendendo la città che prima aveva attaccata. Gli abitanti di Ravenna gli dettero sepoltura in un tempio e composero un epitaffio nel quale espressero la loro gratitudine (*contempsit caros, dum nos amat ille, parentes*) e il curioso contrasto che si avvertiva tra l'aspetto atroce di quel barbaro e la sua semplicità e bontà:

> Terribilis visu facies, sed mente benignus,
> longaque robusto pectore barba fuit! [1]

Tale è la storia del destino di Droctulft, barbaro che morí difendendo Roma, o tale il frammento

[1] Anche Gibbon (*Decline and fall*, XLV) trascrive questi versi.

della sua storia che poté salvare Paolo Diacono. Non so neppure in quale periodo sia accaduto il fatto: se a metà del sesto secolo, quando i longobardi devastarono le pianure italiane, o nell'ottavo, prima della resa di Ravenna. Immaginiamo (giacché questo non è un lavoro storico) che fosse il primo.

Immaginiamo, *sub specie aeternitatis*, Droctulft, non l'individuo Droctulft, che indubbiamente fu unico e insondabile (tutti gli individui lo sono), ma il tipo generico che di lui e di molti altri come lui ha fatto la tradizione, che è opera dell'oblio e della memoria. Attraverso un'oscura geografia di selve e paludi, le guerre lo portarono in Italia, dalle rive del Danubio e dell'Elba; forse non sapeva che andava al Sud e che guerreggiava contro il nome romano. Forse professava l'arianesimo, che sostiene che la gloria del Figlio è un riflesso della gloria del Padre, ma è piú verosimile immaginarlo devoto della Terra, di Hertha, il cui simulacro velato andava di capanna in capanna su un carro tirato da vacche, o degli dèi della guerra e del tuono, che erano rozze immagini di legno, avvolte in stoffe e cariche di monete e cerchi di metallo. Veniva dalle selve inestricabili del cinghiale e dell'uro; era bianco, coraggioso, innocente, crudele, leale al suo capo e alla sua tribú, non all'universo. Le guerre lo portano a Ravenna e là vede qualcosa che non ha mai vista, o che non ha vista pienamente. Vede il giorno e i cipressi e il marmo. Vede un insieme che è molteplice senza disordine; vede una città, un organismo fatto di statue, di templi, di giardini, di case, di gradini, di vasi, di capitelli, di spazi regolari e aperti. Nessuna di quelle opere, è vero, lo impressiona per la sua bellezza; lo toccano come oggi si toccherebbe un meccanismo complesso, il cui fine ignoriamo, ma nel cui disegno si scorgesse un'intelligenza immortale. Forse gli basta vedere un solo arco, con un'incomprensibile iscrizione in eterne lettere romane. Bruscamente, lo acceca e lo trasforma questa rivelazione: la Città. Sa che in essa egli sarà un cane, un bambino, e che non potrà mai capirla, ma sa anche ch'essa vale piú dei suoi dèi e della fede giurata e di tutte le paludi di Germania. Droctulft abbandona i suoi e combatte per Ravenna. Muore, e sulla sua tomba incidono parole che non avrebbe mai comprese:

> Contempsit caros, dum nos amat ille, parentes,
> hanc patriam reputans esse, Ravenna, suam.

Non fu un traditore (i traditori non sogliono ispirare epitaffi pietosi), fu un illuminato, un convertito. Alcune generazioni piú tardi, i longobardi che avevano accusato il disertore, procedettero come lui; si fecero italiani, lombardi, e forse qualcuno del loro sangue — un Aldiger — generò i progenitori dell'Alighieri... Molte congetture è dato applicare all'atto di Droctulft; la mia è la piú spiccia; se non è vera come fatto, lo sarà come simbolo.

Quando lessi nel libro di Croce la storia del guerriero, essa mi commosse in modo insolito ed ebbi l'impressione di ritrovare, sotto forma diversa, una cosa che era stata mia. Fugacemente, pensai ai cavalieri mongoli che volevano fare della Cina un infinito campo di pastura e che poi invecchiarono nelle città che avevano voluto distruggere; ma non era quello il ricordo che cercavo. Finalmente lo trovai; era un racconto che avevo udito una volta dalla mia nonna inglese, ora morta.

Nel 1872 mio nonno Borges era preposto alle frontiere nord ed ovest di Buenos Aires, e sud di Santa Fé. Il comando si trovava a Junín; piú avanti, a quattro o cinque leghe l'uno dall'altro, la catena dei fortini; piú avanti ancora, quello che allora era chiamato la Pampa, o l'entroterra. Un giorno, tra stupita e scherzosa, mia nonna commentava il suo destino di inglese esiliata in capo al mondo; le dissero che non era la sola, e mesi dopo le indicarono una donna india che attraversava lentamente la piazza. Era vestita di due coperte rosse e andava a piedi nudi; i suoi capelli erano biondi. Un soldato le disse che un'altra inglese voleva parlarle. La donna assentí; entrò nel comando senza timore ma non senza diffidenza. Nella faccia di rame, dipinta a colori feroci, gli occhi erano di quell'azzurro stinto che gl'inglesi chiamano grigio. Il corpo era svelto, come di cerva; le mani, forti e ossute. Veniva dal deserto, dall'entroterra, e tutto sembrava piccolo per lei: le porte, le pareti, i mobili.

Forse le due donne, per un istante, si sentirono sorelle; si trovavano lontane dalla loro cara isola, in un paese incredibile. Mia nonna fece qualche domanda; l'altra le rispose con difficoltà, cercando le parole e ripetendole, come sorpresa da un antico sapore. Erano quindici anni che non parlava la lingua natale e non le era facile tornare a usarla. Disse ch'era dello Yorkshire, che i suoi genitori erano emigrati a Buenos Aires, che li aveva perduti in una scorreria, che lei era stata presa dagli indî e che ora era moglie di un capo, al quale aveva dato due figli e che era molto coraggioso. Disse tutto questo in un inglese rozzo, mescolato di araucano, e dietro il racconto si scorgeva una vita feroce: le tende di cuoio di cavallo, i falò di sterco, i banchetti di carne bruciacchiata o di viscere crude, le furtive marce all'alba, l'assalto ai chiusi, l'urlo e il saccheggio, la guerra, i cavalieri nudi che stimolano le bestie, la poligamia, il fetore e la stregoneria. A tale barbarie s'era ridotta un'inglese. Mossa dalla pena e dall'indignazione, mia nonna la esortò a non tornare dai suoi. Promise che l'avrebbe protetta, che avrebbe riscattato i suoi figli. L'altra rispose che era felice, e la sera tornò al deserto. Francisco Borges sarebbe morto poco dopo, nella rivoluzione del '74; forse mia nonna, allora, poté scorgere in quell'altra donna, anch'essa trascinata e trasformata da questo continente implacabile, uno specchio mostruoso del suo destino...

Tutti gli anni, la bionda india soleva venire agli spacci di Junín, o di Forte Lavalle, a comprare cianfrusaglie e ghiottonerie; ma dal giorno della conversazione con mia nonna non venne piú. Tuttavia, si videro un'altra volta. Mia nonna era a caccia; in un *rancho*, vicino allo stagno, un uomo sgozzava una pecora. Come in un sogno, passò l'india a cavallo. Si gettò al suolo e bevve il sangue caldo. Non so se lo fece perché ormai non poteva agire altrimenti, o come una sfida e un segno.

Mille e trecento anni e il mare stanno tra il destino della prigioniera e il destino di Droctulft. Entrambi, oggi, sono irraggiungibili. La figura del barbaro che abbraccia la causa di Ravenna, la figura della donna europea che sceglie il deserto, possono apparire contrarie. Eppure, ambedue furono trascinati da un impulso segreto, un impulso piú profondo della ragione, e ambedue ubbidirono a quell'impulso, di cui non avrebbero saputo dar ragione. Forse le storie che ho narrate sono una sola storia. Il dritto e il rovescio di questa medaglia sono, per Dio, uguali.

Biografia di Tadeo Isidoro Cruz
(1829-1874)

*I'm looking for the face I had before
the world was made.*

Yeats: *The winding stair*

Il sei febbraio del 1829, gli armati che, inseguiti da Lavalle, marciavano, provenienti da sud, per unirsi alle divisioni di López, si fermarono in una fattoria il cui nome ignoravano, a tre o quattro leghe dal Pergamino; verso l'alba, uno degli uomini ebbe un incubo tenace: nella penombra della capanna, il confuso grido destò la donna che dormiva con lui. Nessuno sa quel che sognò, poiché il giorno dopo, alle quattro, i guerriglieri furono sbaragliati dalla cavalleria di Suárez e inseguiti per nove leghe, fino ai campi di stoppie, già squallidi, e l'uomo morí in un fosso, il cranio rotto da una sciabola delle guerre di Perú e Brasile. La donna si chiamava Isidora Cruz; il figlio ch'ebbe, ricevette il nome di Tadeo Isidoro.

La mia intenzione non è quella di ripetere la sua storia. Dei giorni e delle notti che la compongono, m'interessa solo una notte; del resto, non riferirò che l'indispensabile perché quella notte sia compresa. L'avventura si trova in un libro insigne; cioè, in un libro la cui materia può essere tutto per tutti (I Corinzi, 8:22), poiché è capace di quasi inesauribili ripetizioni, versioni, perversioni. Coloro che hanno commentato, e son molti, la storia di Tadeo Isidoro, sottolineano l'influsso della pianura sulla sua formazione, ma *gauchos* identici a lui nacquero e morirono sulle selvagge rive del Paraná e sulle colline dell'Uruguay. Visse, è vero, in un mondo di barbarie monotona. Quando, nel 1874, morí di vaiolo nero, non aveva mai visto una montagna né un becco a gas né un mulino. E neppure una città. Nel 1849, era andato a Buenos Aires con gli uomini della tenuta di Francisco Xavier Acevedo; andarono tutti in città a scialacquare il denaro; Cruz, diffidente, non mise piede fuori di una locanda vicina ai recinti del bestiame. Passò lí piú giorni, taciturno, dormendo in terra, sorbendo *mate*, alzandosi all'alba e andando a dormire all'avemaria. Capí (al di là delle parole e della stessa comprensione) che la città non aveva niente a che fare con lui. Uno degli uomini, ubriaco, si burlò di lui. Cruz non gli rispose, ma nel ritorno, di sera, accanto al fuoco, l'altro ripeteva le beffe, e allora Cruz (che prima non aveva dimostrato rancore, e neppure di prenderla a male) lo atterrò con una pugnalata. Fuggiasco, dovette riparare in un canneto; qualche notte piú tardi, il grido d'un trampoliere l'avvertí che l'aveva circondato la polizia. Provò il coltello in un cespuglio; perché non lo molestassero nella lotta, si tolse gli speroni. Preferí battersi ad arrendersi. Fu ferito all'avambraccio, alla spalla, alla mano sinistra; ferí i piú audaci del gruppo; quando il sangue gli corse tra le dita, lottò con piú rabbia che mai; all'alba, stordito dalla perdita di sangue, lo disarmarono. Il servizio nell'esercito, allora, fungeva da punizione; Cruz fu destinato a un fortino della frontiera nord. Come soldato semplice, partecipò alle guerre civili; a volte combatté per la sua provincia natale, a volte contro. Il ventitré gennaio del 1856, alle Lagune di Cardoso, fu uno dei trenta bianchi che, al comando del sergente maggiore Eusebio Laprida, combatterono contro duecento indi. In quell'occasione ricevette una ferita di lancia.

Nella sua oscura e coraggiosa storia abbondano le soluzioni di continuità. Intorno al 1868 lo sappiamo di nuovo nel Pergamino: sposato o convivente con una donna, padre di un figlio, padrone d'un pezzetto di terra. Nel 1869 fu nominato sergente della polizia rurale. Aveva riparato il passato; in quel tempo dovette considerarsi felice, benché nel profondo non lo fosse. (Lo attendeva, segreta nel futuro, una lucida notte fondamentale: la notte in cui finalmente vide il proprio volto, la notte in cui finalmente udí il proprio nome. Intesa bene, quella notte consuma la sua storia; per dir meglio, un istante di quella notte, un atto di quella notte, perché gli atti sono il nostro simbolo.) Qualunque destino, per lungo e complicato che sia, consta in realtà *d'un solo momento*: il momento in cui l'uomo sa per sempre chi è. Si narra che Alessandro di Macedonia vide riflesso il suo futuro di ferro nella favolosa storia di Achille; Carlo XII di Svezia, in quella di Alessandro. A Tadeo Isidoro Cruz, che non sapeva leggere, tale nozione non fu rivelata in un libro; egli si vide in uno scontro e in un uomo. I fatti si svolsero cosí:

Negli ultimi giorni del mese di giugno 1870, ricevette l'ordine di catturare un malfattore, che aveva da render conto di due omicidî. Si trattava di un disertore delle forze comandate, alla frontiera sud, dal colonnello Benito Machado; ubriaco, aveva ucciso un negro in un postribolo; in un'altra occasione, un uomo del partito di Rojas; il rapporto aggiungeva che era originario della Laguna Rossa. In quel luogo, quarant'anni prima, s'erano fermati i guerriglieri per la sventura che dette le loro carni in pasto agli uccelli e ai cani; di lí era venuto Manuel Mesa, che fu giustiziato in piazza della Vittoria, mentre i tamburi suonavano perché non si udissero le sue imprecazioni; di lí, lo sconosciuto che aveva generato Cruz e ch'era morto in un fosso, il cranio rotto da una sciabola delle battaglie di Perú e Brasile. Cruz aveva dimenticato quel nome; con lieve ma inspiegabile inquietudine lo riconobbe... Il criminale, incalzato dai soldati, intessé a cavallo un lungo labirinto di andirivieni; tuttavia lo accerchiarono la notte del dodici luglio. S'era rifugiato in un canneto. Le tenebre erano quasi indecifrabili; Cruz e i suoi, cautamente, a piedi, avanzarono verso i cespugli nel cui vibrante grembo vigilava o dormiva l'uomo occulto. Gridò un trampoliere; Tadeo Isidoro Cruz ebbe l'impressione di aver già vissuto quel momento. L'uomo uscí dal nascondiglio per battersi. Cruz lo intravide, terribile; i capelli lunghi e là barba grigia parevano mangiargli il volto. Un ovvio motivo mi vieta di riferire la lotta. Basti ricordare che il disertore ferí e uccise vari degli uomini di Cruz. Questi, mentre combatteva nell'oscurità (mentre il suo corpo combatteva nell'oscurità), cominciò a comprendere. Comprese che un destino non è migliore d'un altro, ma che ogni uomo deve compiere quello che porta in sé. Comprese che le spalline e l'uniforme ormai lo impacciavano. Comprese il suo intimo destino di lupo, non di cane da gregge; comprese che l'altro era lui. Faceva giorno nella sterminata pianura; Cruz gettò in terra il berretto, gridò che non avrébbe permesso il delitto che fosse ucciso un coraggioso e si mise a combattere contro i soldati a fianco del disertore Martín Fierro.[1]

[1] Leggendario e popolarissimo eroe argentino, protagonista del poema omonimo di José Hernández (1834-1886). [N. d. T.]

Emma Zunz

Il quattordici gennaio del 1922, Emma Zunz, di ritorno dalla fabbrica di tessuti Tarbuch e Loewenthal, trovò in fondo all'ingresso una lettera, col timbro del Brasile, dalla quale seppe che suo padre era morto. La ingannarono, a prima vista, il francobollo e la busta; poi, la inquietò la calligrafia sconosciuta. Nove o dieci righe scarabocchiate cercavano di riempire il foglio; Emma lesse che il signor Maier aveva ingerito per errore una forte dose di "veronal" ed era morto il tre di quel mese all'ospedale di Bagé. Firmava la lettera un compagno di pensione di suo padre, un certo Fein o Fain, di Río Grande, il quale non poteva sapere che si dirigeva alla figlia del morto.

Emma lasciò cadere il foglio. La sua prima impressione fu di malessere al ventre e alle ginocchia; poi di cieca colpa, d'irrealtà, di freddo, di timore; poi, desiderò trovarsi già al giorno dopo. Immediatamente comprese che quel desiderio era inutile, perché la morte di suo padre era la sola cosa che fosse accaduta al mondo e che sarebbe continuata ad accadere, senza fine. Raccolse il foglio e andò nella sua stanza. Furtivamente lo ripose in un cassetto, come se in qualche modo avesse già conosciuto i fatti futuri. Già aveva incominciato a intravederli, forse; già era quella che sarebbe stata.

Nella crescente oscurità, Emma pianse fino alla fine di quel giorno il suicidio di Manuel Maier, che negli antichi giorni felici era stato Emanuel Zunz. Ricordò estati trascorse in un podere, presso Gualeguay, ricordò (cercò di ricordare) sua madre, ricordò le gialle losanghe di una finestra, ricordò l'automobile della prigione e la vergogna, ricordò le lettere anonime coi ritagli sull' "ammanco del cassiere," ricordò (ma questo non l'aveva mai dimenticato) che suo padre, l'ultima sera, le aveva giurato che il ladro era Loewenthal. Loewenthal, Aaron Loewenthal, prima gerente della fabbrica e ora uno dei padroni. Emma, dal 1916, serbava il segreto. Non l'aveva rivelato a nessuno, neppure alla sua migliore amica, Elsa Urstein. Forse rifuggiva la profana incredulità; forse sentiva il segreto come un vincolo tra sé e l'assente. Loewenthal non sapeva ch'ella sapeva; Emma Zunz traeva da quel fatto trascurabile un sentimento di potere.

Non dormí quella notte e quando la prima luce fissò il rettangolo della finestra, il suo piano era già perfetto. Fece in modo che quel giorno, che le parve interminabile, fosse come gli altri. C'erano nella fabbrica voci di sciopero; Emma si dichiarò, come sempre, contro ogni violenza. Alle sei, finito il lavoro, andò con Elsa a un circolo di donne, che aveva annessa una palestra. Si iscrissero; dovette ripetere e compitare il suo nome e cognome, dovette ridere agli scherzi che commentano l'esame di controllo. Con Elsa e con la piú piccola delle Kronfuss discusse a quale cinematografo sarebbero andate la domenica pomeriggio. Poi, si parlò di fidanzati e nessuna s'aspettò che Emma parlasse. In aprile avrebbe compiuto diciannove anni, ma gli uomini le ispiravano ancora un timore quasi patologico... Di ritorno a casa, preparò una minestra di tapioca e un po' di verdura, mangiò presto, si coricò e si costrinse a dormire. Cosí, laborioso e comune, passò il venerdí quindici, la vigilia.

Il sabato, l'impazienza la svegliò. L'impazienza, non l'inquietudine, e il singolare sollievo di stare in quel giorno, finalmente. Non doveva piú tramare e immaginare; entro poche ore avrebbe raggiunto la semplicità dei fatti. Lesse in *La Prensa* che il *Nordstjärnan*, di Malmö, avrebbe salpato quella notte dal molo 3; chiamò per telefono Loewenthal, fece capire che desiderava comunicare, a insaputa delle altre, qualcosa sullo sciopero, e promise di passare dallo studio all'imbrunire. Le tremava la voce; il tremore conveniva a una delatrice. Nessun altro fatto memorabile accadde quella mattina. Emma lavorò fino alle dodici e fissò con Elsa e con Perla Kronfuss i particolari della passeggiata domenicale. Si coricò dopo pranzo e ricapitolò, ad occhi chiusi, il piano che aveva ordito. Pensò che la tappa finale sarebbe stata meno orribile della prima e che le avrebbe dato, certamente, il sapore della vittoria e della giustizia. All'improvviso, allarmata, si alzò e corse al cassetto del canterano. Lo aprí; sotto l'immagine di Milton Sills, dove l'aveva lasciata due sere prima, si trovava la lettera di Fain. Nessuno aveva potuto vederla; cominciò a leggerla, poi la strappò.

Riferire con qualche realtà i fatti di quel pomeriggio sarebbe difficile e forse vano. Un attributo dell'infernale è l'irrealtà, attributo che sembra mitigare i suoi terrori e che forse li aggrava. Come rendere verosimile un'azione alla quale quasi non credette chi l'eseguiva, come ricostruire il breve caos che oggi la memoria di Emma Zunz ripudia e confonde? Emma viveva in Almagro, in via Liniers; sappiamo che quel pomeriggio si recò al porto. Forse nell'infame *Paseo de Julio* si vide moltiplicata in specchi, rivelata da luci e denudata dagli occhi famelici, ma piú ragionevole è supporre che prima errò, non notata, tra l'indifferenza... Entrò in due o tre caffè, vide il modo di fare e le manovre di altre donne. Trovò finalmente uomini del *Nordstjärnan*. Di uno, giovanissimo, temette che le ispirasse qualche tenerezza e ne scelse un altro, forse piú basso di lei e rozzo, perché la purezza dell'orrore non fosse mitigata. L'uomo la condusse a una porta e poi a un oscuro andito e poi a una scala tortuosa e poi a un vestibolo (nel quale era una vetrata con losanghe identiche a quelle della casa di Lanús) e poi a un corridoio e poi a una porta, che si chiuse. I fatti gravi stanno fuori del tempo, sia perché in essi il passato immediato rimane come scisso dal futuro, sia perché le parti che li formano non paiono consecutive.

In quel tempo posto fuori del tempo, in quel disordine incerto di sensazioni sconnesse e atroci, pensò Emma Zunz *una sola volta* al morto che causava il sacrificio? Io credo che ci pensò una volta e che in quel momento il suo disperato proposito fu in pericolo. Pensò (non poté non pensare) che suo padre aveva fatto a sua madre quella cosa orribile che ora facevano a lei. Lo pensò con debole stupore e subito si rifugiò nella vertigine. L'uomo, svedese o finlandese, non parlava spagnolo; fu uno strumento per Emma come questa lo fu per lui, ma ella serví per il piacere ed egli per la giustizia.

Quando rimase sola, non aprí subito gli occhi. Sul comodino stava il denaro che l'uomo aveva lasciato: Emma si sollevò e lo strappò come prima aveva strappato la lettera. Strappare denaro è un'empietà, come gettare il pane; Emma si pentí, appena l'ebbe fatto. Un atto di superbia, quel giorno... Il timore si perdette nella tristezza del suo corpo, nella nausea. La nausea e la tristezza l'incatenavano, ma Emma lentamente si alzò e prese a vestirsi. Nella stanza non restavano colori vivi; l'ultimo crepuscolo gravava. Emma poté uscire senza che la notassero; all'angolo, salí su un tram che andava verso ovest. Scelse, seguendo il suo piano, il sedile posto avanti a tutti, perché non le vedessero il volto. Forse la confortò verificare, nell'insipido traffico delle strade, che l'accaduto non aveva contaminato le cose. Passò attraverso quartieri degradanti e opachi, vedendoli e dimenticandoli all'istante, e scese ad uno degli incroci di via Warnes. Paradossalmente, la sua stanchezza diveniva una forza, poiché la obbligava a concentrarsi sui particolari dell'avventura e gliene nascondeva il fondo e il fine.

Aaron Loewenthal era, per tutti, un uomo serio; per i pochi intimi, un avaro. Abitava all'ultimo piano della fabbrica, solo. Vivendo in quel quartiere abbandonato, temeva i ladri; nel cortile della fabbrica c'era un grande cane e nel cassetto della sua scrivania, nessuno lo ignorava, una rivoltella. Aveva pianto con decoro, l'anno prima, l'improvvisa morte della moglie — una Gauss, che gli aveva portato una buona dote! —, ma il denaro era la sua vera passione. Con intima vergogna si sapeva meno adatto a guadagnarlo che a conservarlo. Era molto religioso; credeva di avere col Signore un patto segreto, che lo esentava dall'agir bene, in cambio di preci e devozioni. Calvo, corpulento, vestito a lutto, con gli occhiali affumicati e la barba bionda, aspettava in piedi, accanto alla finestra, il rapporto confidenziale dell'operaia Zunz.

La vide spingere il cancello (ch'egli aveva lasciato a bella posta socchiuso) e attraversare il cortile buio. La vide fare un piccolo giro quando il cane legato abbaiò. Le labbra di Emma si muovevano come quelle di chi prega a bassa voce; stanche, ripetevano la frase che il signor Loewenthal avrebbe udita prima di morire.

Le cose non andarono come aveva previsto Emma Zunz. Fin dall'alba del giorno prima, ella s'era sognata molte volte mentre puntava la rivoltella, obbligava il miserabile a confessare la propria colpa, ed esponeva l'intrepido stratagemma che avrebbe permesso alla Giustizia di Dio di trionfare sulla giustizia umana. (Non per timore, ma perché era uno strumento della Giustizia, ella non voleva essere punita.) Poi, un solo colpo in mezzo al petto avrebbe suggellato la sorte di Loewenthal. Ma le cose non si svolsero cosí.

Davanti ad Aaron Loewenthal, piú che l'urgenza di vendicare suo padre, Emma sentí quella di punire l'oltraggio che aveva ricevuto. Non poteva non ucciderlo, dopo quella minuziosa infamia. E non aveva tempo da perdere in scene. Seduta, timida, chiese scusa a Loewenthal, invocò (da buona delatrice) gli obblighi della lealtà, fece alcuni nomi, ne fece intendere altri, e si arrestò come se l'avesse vinta il timore. Fece in modo che Loewenthal andasse a prendere un bicchiere d'acqua. Quando egli, incredulo a tanta agitazione, ma indulgente, fu di ritorno, Emma aveva già preso dal cassetto la pesante rivoltella. Premette il grilletto due volte. Il massiccio corpo piombò giú come se gli spari e il fumo l'avessero rotto, il bicchiere con l'acqua s'infranse, la faccia la guardò con stupore e collera, la bocca della faccia la ingiuriò in spagnolo e in iddisch. Il turpiloquio non veniva meno; Emma dovette far fuoco ancora. Nel cortile, il cane incatenato si mise ad abbaiare, e un fiotto improvviso di sangue eruppe dalle labbra oscene e macchiò la barba e l'abito. Emma cominciò l'accusa che aveva preparata ("Ho vendicato mio padre e non potranno punirmi..."), ma non la finí, perché il signor Loewenthal era già morto. Non seppe mai se avesse capito.

L'abbaiare insistente le ricordò che non poteva, ancora, riposare. Fece disordine sul divano, sbottonò la giacca del cadavere, gli tolse gli occhiali macchiati e li posò sullo schedario. Poi prese il telefono e ripeté quello che tante volte avrebbe ripetuto, con quelle e con altre parole: *È accaduta una cosa incredibile... Il signor Loewenthal mi ha fatta venire col pretesto dello sciopero... Ha abusato di me, l'ho ucciso...*

La storia era incredibile, effettivamente, ma s'impose a tutti, perché sostanzialmente era vera. Vero era l'accento di Emma Zunz, vero il pudore, vero l'odio. Vero anche l'oltraggio che aveva sofferto; erano false solo le circostanze, l'ora e uno o due nomi propri.

La casa di Asterione

a Marta Mosquera Eastman

> *E la regina dette alla luce un figlio che si chiamò Asterione.*
>
> APOLLODORO: *Biblioteca*, III, 1

So che mi accusano di superbia, e forse di misantropia, o di pazzia. Tali accuse (che punirò al momento giusto) sono ridicole. È vero che non esco di casa, ma è anche vero che le porte (il cui numero è infinito)[1] restano aperte giorno e notte agli uomini e agli animali. Entri chi vuole. Non troverà qui lussi donneschi né la splendida pompa dei palazzi, ma la quiete e la solitudine. E troverà una casa come non ce n'è altre sulla faccia della terra. (Mente chi afferma che in Egitto ce n'è una simile.) Perfino i miei calunniatori ammettono che nella casa non c'è *un solo mobile.* Un'altra menzogna ridicola è che io, Asterione, sia un prigioniero. Dovrò ripetere che non c'è una porta chiusa, e aggiungere che non c'è una sola serratura? D'altronde, una volta al calare del sole percorsi le strade; e se prima di notte tornai, fu per il timore che m'infondevano i volti della folla, volti

---

[1] L'originale dice *quattordici,* ma non mancano motivi per inferire che, in bocca di Asterione, questo aggettivo numerale vale *infiniti.*

scoloriti e spianati, come una mano aperta. Il sole era già tramontato, ma il pianto accorato d'un bambino e le rozze preghiere del gregge dissero che mi avevano riconosciuto. La gente pregava, fuggiva, si prosternava; alcuni si arrampicavano sullo stilobate del tempio delle Fiaccole, altri ammucchiavano pietre. Qualcuno, credo, cercò rifugio nel mare. Non per nulla mia madre fu una regina; non posso confondermi col volgo, anche se la mia modestia lo vuole.

La verità è che sono unico. Non m'interessa ciò che un uomo può trasmettere ad altri uomini; come il filosofo, penso che nulla può essere comunicato attraverso l'arte della scrittura. Le fastidiose e volgari minuzie non hanno ricetto nel mio spirito, che è atto solo al grande; non ho mai potuto ricordare la differenza che distingue una lettera dall'altra. Un'impazienza generosa non ha consentito che imparassi a leggere. A volte me ne dolgo, perché le notti e i giorni sono lunghi.

Certo, non mi mancano distrazioni. Come il montone che s'avventa, corro pei corridoi di pietra fino a cadere al suolo in preda alla vertigine. Mi acquatto all'ombra di una cisterna e all'angolo d'un corridoio e giuoco a rimpiattino. Ci sono terrazze dalle quali mi lascio cadere, finché resto insanguinato. In qualunque momento posso giocare a fare l'addormentato, con gli occhi chiusi e il respiro pesante (a volte m'addormento davvero; a volte, quando riapro gli occhi, il colore del giorno è cambiato). Ma, fra tanti giuochi, preferisco quello di un altro Asterione. Immagino ch'egli venga a farmi visita e che io gli mostri la casa. Con grandi inchini, gli dico: "Adesso torniamo all'angolo di prima," o: "Adesso sbocchiamo in un altro cortile," o: "Lo dicevo io che ti sarebbe piaciuto il canale dell'acqua," oppure: "Ora ti faccio vedere una cisterna che s'è riempita di sabbia," o anche: "Vedrai come si biforca la cantina." A volte mi sbaglio, e ci mettiamo a ridere entrambi.

Ma non ho soltanto immaginato giuochi; ho anche meditato sulla casa. Tutte le parti della casa si ripetono, qualunque luogo di essa è un altro luogo. Non ci sono una cisterna, un cortile, una fontana, una stalla; sono infinite le stalle, le fontane, i cortili, le cisterne. La casa è grande come il mondo. Tuttavia, a forza di percorrere cortili con una cisterna e polverosi corridoi di pietra grigia, raggiunsi la strada e vidi il tempio delle Fiaccole e il mare. Non compresi, finché una visione notturna mi rivelò che anche i mari e i templi sono infiniti. Tutto esiste molte volte, infinite volte; soltanto due cose al mondo sembrano esistere una sola volta: in alto, l'intricato sole; in basso, Asterione. Forse fui io a creare le stelle e il sole e questa enorme casa, ma non me ne ricordo.

Ogni nove anni entrano nella casa nove uomini, perché io li liberi da ogni male. Odo i loro passi o la

loro voce in fondo ai corridoi di pietra e corro lieta-
mente incontro ad essi. La cerimonia dura pochi minuti. Cadono uno dopo l'altro, senza che io mi mac-
chi le mani di sangue. Dove sono caduti restano, e i
cadaveri aiutano a distinguere un corridoio dagli altri. Ignoro chi siano, ma so che uno di essi profetizzò,
sul punto di morire, che un giorno sarebbe giunto
il mio redentore. Da allora la solitudine non mi duo-
le, perché so che il mio redentore vive e un giorno
sorgerà dalla polvere. Se il mio udito potesse percepire tutti i rumori del mondo, io sentirei i suoi passi. Mi portasse a un luogo con meno corridoi e meno porte! Come sarà il mio redentore? Sarà forse
un toro con volto d'uomo? O sarà come me?

Il sole della mattina brillò sulla spada di bronzo.
Non restava piú traccia di sangue.
"Lo crederesti, Arianna?" disse Teseo. "Il Mi-
notauro non s'è quasi difeso."

L'altra morte

Un paio d'anni fa (ho perduto la lettera), Gannon mi scrisse da Gualeguaychú, annunciandomi l'invio di una versione, forse la prima in spagnolo, del poema *The past*, di Ralph Waldo Emerson, e aggiungendo in un poscritto che don Pedro Damián, del quale conservavo forse qualche ricordo, era morto sere prima, d'una congestione polmonare. L'uomo, distrutto dalla febbre, aveva rivissuto nel delirio la sanguinosa giornata di Masoller; la notizia mi parve prevedibile e perfino ovvia, perché don Pedro, a diciannove o venti anni, aveva seguito le bandiere di Aparicio Saravia. La rivoluzione del 1904 lo aveva sorpreso in una fattoria di Río Negro o di Paysandú, dove lavorava come bracciante; Pedro Damián era di Gualeguay, nell'Entre Ríos, ma andò dove andavano i suoi compagni, coraggioso e ignorante come loro. Combatté in qualche scontro e nell'ultima battaglia; tornato in patria nel 1905, riprese con umile tenacia le fatiche della terra. Ch'io sappia, non aveva piú lasciato la sua provincia. Gli ultimi trenta anni li aveva passati in un luogo solitario, a una o due leghe dallo Ñancay; in quell'abbandono, io avevo conversato con lui una sera (avevo cercato di conversare con lui una sera), intorno al 1942. Era un uomo taciturno, alquanto limitato. Il suono e la furia di Masoller esaurivano la sua storia; non mi sorprese che li rivivesse, nell'ora della morte... Seppi che non avrei piú rivisto Damián e volli ricordarlo; ma la mia memoria visiva è cosí debole che ricordai solo una fotografia fattagli da Gannon. La cosa non ha niente di singolare, se si considera che l'uomo lo avevo visto una sola volta, al principio del 1942, e l'immagine moltissime volte. Gannon mi mandò quella fotografia; l'ho perduta, ma non la cerco. Mi farebbe paura trovarla.

Il secondo episodio accadde a Montevideo, mesi piú tardi. La febbre e l'agonia di Damián m'avevano suggerito un racconto fantastico sulla disfatta di Masoller; Emir Rodríguez Monegal, al quale avevo narrato l'argomento, mi dette un biglietto per il colonnello Dionisio Tabares, che aveva fatto quella campagna. Il colonnello mi ricevette dopo cena. Da un seggiolone di amaca, in un *patio*, ricordò con disordine e con amore i tempi andati. Parlò di munizioni che non arrivavano e di cavalli sfiniti, d'uomini addormentati e terrosi che tessevano labirinti di marce, di Saravia, che avrebbe potuto entrare in Montevideo e che aveva cambiato direzione, "perché il *gaucho* ha paura della città," di uomini decapitati all'altezza della nuca, di una guerra civile che mi parve meno l'urto di due eserciti che il sogno d'un bandito. Parlò di Illescas, di Tupambaé, di Masoller. Lo fece con periodi cosí precisi e in modo tanto vivo che compresi che aveva narrato molte volte quelle stesse cose, e temetti che dietro le sue parole non rimanessero quasi ricordi. In una pausa, riuscii a intercalare il nome di Damián.

"Damián? Pedro Damián?" disse il colonnello. "Sí, serví con me. Un tipo che i ragazzi chiamavano Daymán." Cominciò una rumorosa risata e la interruppe di colpo, con finto o vero disagio.

Con voce diversa disse che la guerra serviva, come la donna, a provare gli uomini, e che, prima di entrare in battaglia, nessuno sapeva chi era. Qualcuno poteva credersi codardo ed essere un coraggioso, e cosí al contrario, com'era accaduto a quel povero Damián, che si andava pavoneggiando per gli spacci con la sua divisa bianca e poi venne meno a Masoller. In qualche sparatoria s'era comportato da uomo, ma andò diversamente quando gli eserciti si affrontarono e cominciò il tiro dei cannoni e ogni uomo sentí che cinquemila uomini s'erano coalizzati per ucciderlo. Povero ragazzo, che era abituato a lavare le pecore e all'improvviso se l'era preso la guerra...

Assurdamente, la versione di Tabares mi fece provare vergogna. Avrei preferito che i fatti non fossero andati in quel modo. Col vecchio Damián intravisto una sera, molti anni prima, io avevo fabbricato, senza propormelo, una specie d'idolo; la versione di Tabares lo distruggeva. Improvvisamente compresi la riservatezza e l'ostinata solitudine di Damián; non la dettava la modestia, ma la vergogna. Invano mi ripetei che un uomo tormentato dal ricordo d'un atto di codardia è piú complesso e piú interessante di un uomo semplicemente coraggioso. Il *gaucho* Martín Fierro, pensai, è meno memorabile di Lord Jim o di Razumov. Sí, ma Damián, in quanto *gaucho*, aveva l'obbligo d'essere Martín Fierro — soprattutto di fronte a *gauchos* uruguayani. In quel che Tabares disse e non disse avvertii la consapevolezza (forse indubitabile) che l'Uruguay è piú elementare del nostro Paese, e perciò piú animoso... Ricordo che quella sera ci congedammo con esagerata effusione.

Nell'inverno, la mancanza di uno o due particolari per il mio racconto fantastico (che scioccamente si ostinava a non trovare la sua forma) fece sí che tornassi alla casa del colonnello Tabares. Lo trovai con un altro signore d'età: il dottore Juan Francisco Amaro, di Paysandú, che aveva militato anche lui nella rivoluzione di Saravia. Si parlò, com'era prevedibile, di Masoller. Amaro narrò qualche aneddoto e poi aggiunse con lentezza, come chi pensa ad alta voce:

"Pernottammo in *Santa Irene*, ricordo, e ci si unirono alcuni uomini. Tra questi, un veterinario francese che morí alla vigilia della battaglia, e un giovane tosatore di pecore di Entre Ríos, un certo Pedro Damián."

Lo interruppi con stizza.

"Lo so," dissi. "L'argentino che venne meno di fronte alle pallottole."

Tacqui; i due mi guardavano perplessi.

"Lei si sbaglia, signore," disse, alla fine, Amaro. "Pedro Damián morí come vorrebbe morire ogni uomo. Saranno state le quattro del pomeriggio. Sulla cima della collina s'era fortificata la fanteria rossa; i nostri la caricarono, alla lancia; Damián andava avanti a tutti, gridando, e una pallottola lo prese in pieno petto. Si rizzò sulle staffe, finí il grido e rotolò in terra, tra le zampe dei cavalli. Era morto e l'ultima carica di Masoller gli passò sopra. Cosí coraggioso, e non aveva ancora vent'anni."

Parlava, evidentemente, di un altro Damián, ma qualcosa mi spinse a chiedere cosa gridasse il ragazzo.

"Parolacce," disse il colonnello, "quello che si grida sempre nelle cariche."

"Può darsi," disse Amaro, "ma gridò anche: Viva Urquiza!"

Restammo in silenzio. Alla fine, il colonnello mormorò:

"Come se combattesse non a Masoller, ma a Cagancha o a India Morta, un secolo fa."

Aggiunse con vera perplessità:

"Io comandavo quelle truppe, e giurerei che è la prima volta che sento parlare di un Damián."

Non potemmo far sí che ricordasse.

A Buenos Aires, lo stupore che mi aveva causato il suo oblio si ripeté. Davanti agli undici dilettevoli volumi delle opere di Emerson, nel piano basso della libreria inglese di Mitchell, trovai, una sera, Patricio Gannon. Gli chiesi notizie della sua traduzione di *The Past*. Disse che non pensava di tradurlo e che la letteratura spagnola era cosí noiosa da non aver bisogno di Emerson. Gli ricordai che m'aveva promesso quella versione nella stessa lettera in cui m'aveva scritto della morte di Damián. Chiese chi fosse Damián. Glielo dissi, ma invano. Con un principio di terrore capii che mi ascoltava con stupore, e cercai rifugio in una discussione letteraria sui detrattori di Emerson, poeta piú complesso, piú abile e indubbiamente piú singolare del disgraziato Poe.

Devo annotare qualche altro fatto. In aprile ricevetti una lettera del colonnello Dionisio Tabares; questi non era piú offuscato e si ricordava benissimo del giovane di Entre Ríos che aveva preso parte alla carica di Masoller e che i suoi uomini avevano seppellito quella notte, ai piedi della collina. In luglio passai per Gualeguaychú; non trovai il *rancho* di Damián, che nessuno piú ricordava. Volli interrogare il colono Diego Abaroa, che l'aveva visto morire; ma era morto prima dell'inverno. Volli richiamare alla memoria i tratti di Damián; mesi dopo, sfogliando alcuni album, mi accorsi che il volto fosco ch'ero riuscito ad evocare era quello del celebre tenore Tamberlick, nella parte di Otello.

Passo ora alle congetture. La piú facile, ma anche la meno soddisfacente, suppone due Damián: il codardo che morí ad Entre Ríos intorno al 1946, il coraggioso che morí a Masoller nel 1904. Il difetto di questa ipotesi risiede nel fatto che essa non spiega ciò ch'è realmente enigmatico: i curiosi andirivieni della memoria del colonnello Tabares, l'oblio che annienta in tempo tanto breve l'immagine e lo stesso nome del Damián tornato a casa. (Non accetto, non voglio accettare, una congettura piú semplice: quella d'aver sognato io il primo.) Piú curiosa la congettura soprannaturale immaginata da Ulrike von Kühlmann. Pedro Damián, secondo Ulrike, morí nella battaglia, e nel momento della morte supplicò Dio di farlo tornare ad Entre Ríos. Dio esitò un istante prima di concedere la grazia, e intanto colui che l'aveva chiesta era già morto, e qualcuno l'aveva visto cadere. Dio, che non può cambiare il passato ma sí le immagini del passato, cambiò l'immagine della morte in quella d'uno svenimento, e l'ombra di Damián tornò alla sua terra. Tornò, ma dobbiamo ricordare la sua condizione d'ombra. Visse in solitudine, senza una donna, senza amici; amò e possedette tutto, ma da lontano, come dall'altro lato d'un vetro; "morí," e la sua tenue immagine si perdette, come l'acqua nell'acqua. Questa congettura è erronea, ma doveva suggerirmi la vera (quella che oggi credo la vera), che è allo stesso tempo piú semplice e piú inaudita. In modo quasi magico la scoprii nel trattato *De Omnipotentia*, di Pier Damiani, al cui studio mi condussero due versi del canto XXI del *Paradiso*, che pongono precisamente un problema di identità. Nel quinto capitolo del trattato, Pier Damiani sostiene, contro Aristotele e contro Fredegario di Tours, che Dio può far sí che non sia stato ciò ch'è stato. Leggendo quelle vecchie dispute teologiche cominciai a comprendere la tragica storia di don Pedro Damián.

L'indovino cosí. Damián si comportò da codardo sul campo di Masoller, e dedicò la vita a correggere quella vergognosa debolezza. Tornò a Entre Ríos; non alzò la mano su alcuno, non *segnò* nessuno, non cercò la fama di coraggioso, ma nei campi del Ñancay s'indurí, lottando col monte e con le bestie indomite. Andò preparando, certo senza saperlo, il miracolo. Pensò, nel profondo: se il destino mi porta un'altra battaglia, saprò meritarla. Per quarant'anni l'attese con oscura speranza, e il destino finalmente gliela portò, nell'ora della morte. La portò sotto forma di delirio, ma già i greci sapevano che siamo i sogni d'un'ombra. Nell'agonia, Damián rivisse la battaglia, e si comportò da uomo e guidò la carica finale e una pallottola lo prese in pieno petto. Cosí, nel 1946, in grazia d'un lungo patimento, Pedro Damián morí nella disfatta di Masoller, avvenuta tra l'inverno e la primavera del 1904.

Nella Somma Teologica si nega che Dio possa far sí che il passato non sia stato, ma non si dice nulla dell'intricata concatenazione di cause ed effetti, che è tanto vasta e segreta che forse non si potrebbe annullare *un solo* fatto remoto, per insignificante che sia stato, senza infirmare il presente. Modificare il passato non è modificare un fatto isolato; è annullare le sue conseguenze, che tendono ad essere infinite. In altre parole: è creare due storie universali. Nella prima di esse (per cosí dire), Pedro Damián morí a Entre Ríos, nel 1946; nella seconda, a Masoller, nel 1904. Questa è quella che ora viviamo, ma la soppressione dell'altra non fu immediata e produsse le incoerenze che ho riferite. Nel colonnello Dionisio Tabares si compirono le diverse tappe: al principio ricordò che Damián aveva agito da codardo; in seguito, lo dimenticò totalmente; infine, ricordò la sua impetuosa morte. Non meno avvalorante è il caso del colono Abaroa; questi morí, credo, perché aveva troppe memorie di don Pedro Damián.

Quanto a me, intendo non correre un pericolo analogo. Ho indovinato e registrato un processo non accessibile agli uomini, una sorta di scandalo della ragione; ma alcune circostanze attenuano tale temibile privilegio. Intanto, non sono sicuro d'aver scritto sempre la verità. Sospetto che nel mio racconto ci siano falsi ricordi. Sospetto che Pedro Damián (se è esistito) non si chiamasse Pedro Damián, e che io lo ricordi sotto tale nome per poter credere un giorno che la sua storia m'è stata suggerita dagli argomenti di Pier Damiani. Qualcosa di simile accade per il poema che ho menzionato nel primo paragrafo e che verte sull'irrevocabilità del passato. Intorno al 1951 crederò d'aver costruito un racconto fantastico e avrò invece narrato un fatto reale; anche l'ignaro Virgilio, duemila anni fa, credette di annunciare la nascita di un uomo e vaticinava quella di Dio.

Povero Damián. La morte lo portò a vent'anni in una triste guerra ignorata e in una battaglia domestica, ma egli ebbe quello che il suo cuore bramava, e tardò molto ad averlo, e forse non c'è felicità piú grande.

Deutsches Requiem

Seppur egli mi togliesse la vita, in lui confiderò.

GIOBBE, 13 : 15

Il mio nome è Otto Dietrich zur Linde. Uno dei miei antenati, Cristoph zur Linde, morí nella carica di cavalleria che decise la vittoria di Zorndorf. Il mio bisnonno materno, Ulrich Forkel, fu assassinato nella foresta di Marchenoir da franchi tiratori francesi, negli ultimi giorni del 1870; il capitano Dietrich zur Linde, mio padre, si distinse nell'assedio di Namur, nel 1914 e, due anni dopo, nella traversata del Danubio.[1] Quanto a me, sarò fucilato come torturatore e assassino. Il tribunale ha proceduto con rettitudine; fin dal principio, io mi sono dichiarato colpevole. Domani, quando l'orologio della prigione suonerà le nove, sarò entrato nella morte; è naturale che pensi ai miei maggiori, giacché son cosí presso alla loro ombra, giacché in qualche modo io sono loro.

[1] È significativa l'omissione dell'antenato piú illustre del narratore, il teologo ed ebraista Johannes Forkel (1799-1846), che applicò la dialettica di Hegel alla cristologia e la cui versione letterale di alcuni dei Libri Apocrifi meritò la censura di Hengstenberg e l'approvazione di Thilo e Gesenius. (*Nota dell'editore del manoscritto tedesco.*)

Durante il giudizio (che fortunatamente è durato poco) non ho parlato; giustificarmi, allora, avrebbe ritardato il verdetto e sarebbe apparso un atto di codardia. Ora è un'altra cosa; e questa notte che precede la mia esecuzione, posso parlare senza timore. Non desidero essere perdonato, perché non c'è colpa in me, ma voglio essere compreso. Chi saprà ascoltarmi, capirà la storia della Germania e la futura storia del mondo. So che casi come il mio, eccezionali e sorprendenti ora, saranno presto comuni. Domani morrò, ma sono un simbolo delle generazioni future.

Sono nato a Marienburg, nel 1908. Due passioni, ora quasi dimenticate, mi permisero di affrontare con coraggio e anzi con letizia molti anni infausti: la musica e la metafisica. Non posso menzionare tutti i miei benefattori, ma ci sono due nomi che non mi rassegno ad omettere: quelli di Brahms e di Schopenhauer. Praticai anche la poesia; a quei nomi voglio unire un altro grande nome, William Shakespeare. Un tempo, m'interessò la teologia, ma da tale fantastica disciplina (e dalla fede cristiana) mi sviò per sempre Schopenhauer, con ragioni dirette; Shakespeare e Brahms, con l'infinita varietà del loro mondo. Sappia, chi indugia meravigliato, tremante di tenerezza e di gratitudine, davanti a un qualunque luogo dell'opera di quei beati, che anch'io, l'abominevole, vi indugiai.

Intorno al 1927 entrarono nella mia vita Nietzsche

e Spengler. Osserva uno scrittore del secolo XVIII che nessuno vuol essere debitore dei suoi contemporanei; io, per liberarmi di un'influenza che presentivo opprimente, scrissi un articolo intitolato *Abrechnung mit Spengler*, nel quale facevo notare che il monumento dove appaiono piú chiaramente i tratti che l'autore chiama faustiani non è il composito dramma di Goethe,[2] ma un poema scritto venti secoli fa, il *De rerum natura*. Resi giustizia, tuttavia, alla sincerità del filosofo della storia, al suo spirito radicalmente germanico (*kerndeutsch*), militare. Nel 1929 entrai nel Partito.

Poco dirò dei miei anni di apprendistato. Furono piú duri per me che per molti altri, giacché per quanto non mi difetti il coraggio, mi manca ogni vocazione per la violenza. Compresi, però, che eravamo alla soglia d'un tempo nuovo e che questo tempo, paragonabile alle epoche iniziali dell'Islam e del cristianesimo, esigeva uomini nuovi. Individualmente, i miei camerati mi erano odiosi; invano cercavo di convincermi che per l'alto fine che ci univa, non eravamo individui.

Affermano i teologi che se l'attenzione del Signore

---

[2] Altri popoli vivono con innocenza, in sé e per sé, come i minerali o le meteore; la Germania è lo specchio universale che riceve tutti gli altri, la coscienza del mondo (*das Weltbewusstsein*). Goethe è il prototipo di tale comprensione ecumenica. Non lo critico, ma non vedo in lui l'uomo faustiano della tesi di Spengler.

si distogliesse un solo secondo dalla mia mano destra che scrive, essa ricadrebbe nel nulla, come se la folgorasse un fuoco senza luce. Nessuno può esistere, io dico, nessuno può bere un bicchiere d'acqua e rompere un pezzo di pane, senza giustificazione. Per ogni uomo la giustificazione è diversa; io attendevo la guerra inesorabile che avrebbe provato la nostra fede. Mi bastava sapere che sarei stato un soldato delle sue battaglie. Temetti a volte che ci defraudasse la codardia dell'Inghilterra e della Russia. Il caso, o il destino, intessé diversamente il mio avvenire: il primo marzo del 1939, all'imbrunire, ci furono tumulti a Tilsit che i giornali non registrarono; nella strada dietro la sinagoga, due pallottole mi attraversarono la gamba, che fu necessario amputare.[a] Pochi giorni dopo, i nostri eserciti entravano in Boemia; quando le sirene lo proclamarono, io ero degente nell'ospedale, cercando di perdermi e di obliarmi nei libri di Schopenhauer. Simbolo del mio vano destino, dormiva sul davanzale della finestra un gatto enorme e soffice.

Nel primo volume dei *Parerga und Paralipomena* rilessi che tutti i fatti che possono accadere a un uomo, dall'istante della sua nascita a quello della sua morte, sono stati preordinati da lui. Cosí, ogni negligenza è deliberata, ogni incontro casuale un appuntamento, ogni umiliazione una penitenza, ogni in-

[a] Si dice che le conseguenze di quella ferita siano state molto gravi. (*Nota dell'editore del manoscritto.*)

successo una misteriosa vittoria, ogni morte un suicidio. Non c'è consolazione piú abile del pensiero che abbiamo scelto le nostre disgrazie; una tale teleologia individuale ci rivela un ordine segreto e prodigiosamente ci confonde con la divinità. Quale ignorato proposito (mi chiesi) mi aveva fatto scegliere quella sera, quelle pallottole e quella mutilazione? Non il timore della guerra, ne ero certo; qualcosa di piú profondo. Alla fine credetti di capire. Morire per una religione è piú semplice che viverla con pienezza; lottare in Efeso contro le fiere è meno duro (migliaia di martiri oscuri lo fecero) che essere Paolo, servo di Gesú Cristo; un atto è meno che tutte le ore d'un uomo. La battaglia e la gloria sono cose *facili*; piú ardua dell'impresa di Napoleone fu quella di Raskolnikov. Il sette febbraio del 1941 fui nominato vicedirettore del campo di concentramento di Tarnowitz.

L'esercizio di quella carica non mi fu grato, ma non peccai mai di negligenza. Il codardo si prova tra le spade; il misericordioso, il pietoso, cerca la vista delle carceri e dell'altrui dolore. Il nazismo, intrinsecamente, è un fatto morale, uno spogliarsi del vecchio uomo, che è viziato, per vestire il nuovo. Nella battaglia, tra il clamore dei capitani e le grida, tale mutamento è cosa comune; non cosí in un'ignobile cella, dove ci tenta con antiche commozioni l'insidiosa pietà. Non invano scrivo questa parola; la pietà per l'uomo superiore è l'ultimo peccato di Zarathustra. Quasi lo commisi (lo confesso) quando ci inviarono da Breslau l'insigne poeta David Jerusalem.

Era questi un uomo di cinquant'anni. Povero di beni di questo mondo, perseguitato, negato, vituperato, aveva consacrato il suo genio a cantare la felicità. Mi sembra di ricordare che Albert Soergel, nell'opera *Dichtung der Zeit*, lo paragona a Whitman. Il paragone non è felice: Whitman celebra l'universo in modo previo, generico, quasi indifferente; Jerusalem si rallegra di ogni cosa, con minuzioso amore. Non fa mai enumerazioni, cataloghi. Posso ancora ripetere molti esametri di quel profondo poema che s'intitola *Tse Yang, pittore di tigri*, che è come striato di tigri, come carico e attraversato da tigri oblique e silenziose. Neppure dimenticherò il soliloquio *Rosencrantz parla con l'Angelo*, nel quale un usuraio londinese del secolo XVI cerca invano, morendo, di giustificare le proprie colpe, senza sospettare che la segreta giustificazione della sua vita è aver ispirato a uno dei suoi clienti (il quale l'ha visto una sola volta e ch'egli non ricorda) il carattere di Shylock. Uomo dagli occhi memorabili, di pelle citrina, dalla barba quasi nera, David Jerusalem era il prototipo dell'ebreo sefardita, sebbene appartenesse ai depravati e odiati Ashkenazim. Fui severo con lui; non permisi che m'intenerissero la compassione, né la sua gloria. Avevo compreso da tempo che non c'è cosa al mondo che non sia germe d'un Inferno possibile; un volto, una parola, una bussola, una pubblicità di sigarette, potrebbero render pazza una persona, se questa non riuscisse a dimenticarli. Non sarebbe pazzo un uomo che s'immaginasse continuamente la carta d'Ungheria? Decisi di applicare questo principio al regime di disciplina del campo e...[4] Alla fine del 1942, Jerusalem perdette la ragione; il primo marzo del 1943, riuscí a darsi morte.[5]

Ignoro se Jerusalem abbia compreso che, se lo distruggevo, era per distruggere la mia pietà. Ai miei occhi, egli non era un uomo, e neppure un ebreo; s'era trasformato nel simbolo di una detestata zona della mia anima. Agonizzai con lui, morii con lui, in qualche modo mi son perduto con lui; perciò fui implacabile.

Intanto, giravano su noi i grandi giorni e le grandi notti di una guerra felice. C'era, nell'aria che respiravamo, un sentimento simile all'amore. Come se bruscamente il mare fosse stato vicino, c'era uno stupore e un'esaltazione nel sangue. Tutto, in quegli

---

[4] È stato indispensabile, a questo punto, omettere alcune righe. (*Nota dell'editore del manoscritto.*)

[5] Né negli archivi né nell'opera di Soergel figura il nome di Jerusalem. Neppure le storie della letteratura tedesca lo registrano. Non credo, tuttavia, che si tratti d'un personaggio falso. Per ordine di Otto Dietrich zur Linde furono torturati a Tarnowitz molti intellettuali ebrei; tra essi, la pianista Emma Rosenzweig. "David Jerusalem" è forse un simbolo di vari individui. Ci vien detto che morí il primo marzo del 1943; il primo marzo del 1939, il narratore fu ferito a Tilsit. (*Nota dell'editore del manoscritto.*)

anni, era differente; anche il sapore del sonno. (Io, forse, non fui mai pienamente felice, ma si sa che la sventura esige paradisi perduti.) Non c'è uomo che non aspiri alla pienezza, cioè alla somma di esperienze di cui un uomo è capace; non c'è uomo che non tema d'essere defraudato di una parte di quel patrimonio infinito. Ma la mia generazione ha avuto tutto perché prima le fu data la gloria e poi la disfatta.

Nell'ottobre o nel novembre del 1942 mio fratello Friedrich perí nella seconda battaglia di El Alamein, sulle sabbie egiziane; un bombardamento aereo, mesi dopo, distrusse la nostra casa natale; un altro, alla fine del 1943, il mio laboratorio. Incalzato da vasti continenti, il Terzo Reich moriva; la sua mano stava contro tutti e le mani di tutti contro di lui. Accadde allora una cosa singolare, che ora credo di capire. Io mi credevo capace di vuotare il calice dell'ira, ma alla feccia mi arrestò un sapore inatteso, il misterioso e quasi terribile sapore della felicità. Tentai diverse spiegazioni; nessuna mi soddisfece. Pensai: *Sono contento della sconfitta, perché segretamente mi so colpevole e solo la punizione può redimermi.* Pensai: *Sono contento della sconfitta, perché è una fine e io sono stanco.* Pensai: *Sono contento della sconfitta perché è accaduta, perché è innumerevolmente unita a tutti i fatti che sono, che furono, che saranno, perché censurare o deplorare un solo fatto reale è bestem-*

miare l'universo. Tentai tali ragioni, finché trovai la vera.

È stato detto che tutti gli uomini nascono aristotelici o platonici. Ciò equivale ad affermare che non c'è discussione di carattere astratto che non sia un momento della polemica di Aristotele e Platone; attraverso i secoli e le latitudini, cambiano i nomi, le lingue, i volti, ma non gli eterni antagonisti. Anche la storia dei popoli registra una continuità segreta. Arminio, quando massacrò in una palude le legioni di Varo, non si sapeva precursore d'un Impero Germanico; Lutero, traduttore della Bibbia, non sospettava che il suo fine era quello di forgiare un popolo che distruggesse per sempre la Bibbia; Christoph zur Linde, che una pallottola moscovita uccise nel 1758, preparò in qualche modo le vittorie del 1914; Hitler credette di lottare per *un* paese, ma lottò per tutti, anche per quelli che aggredí e detestò. Non importa che il suo io lo ignorasse; lo sapevano il suo sangue, la sua volontà. Il mondo moriva di giudaismo e di quella malattia del giudaismo che è la fede di Gesú; noi gli insegnammo la violenza e la fede della spada. Tale spada ci uccide, e noi siamo paragonabili al mago che tesse un labirinto ed è costretto a errarvi fino alla fine dei suoi giorni, o a David che giudica uno sconosciuto e lo condanna a morte e ode poi la rivelazione: *Tu sei quell'uomo.* Molte cose bisogna distruggere, per edificare il nuovo ordine; ora sappiamo che la Germania era una di quelle cose. Abbiamo dato piú delle nostre vite, abbiamo dato il destino del nostro amato paese. Altri maledicano e piangano; io sono lieto che il nostro dono sia circolare e perfetto.

Si libra ora sul mondo un'epoca implacabile. Fummo noi a forgiarla, noi che ora siamo le sue vittime. Che importa che l'Inghilterra sia il martello e noi l'incudine? Quel che importa è che domini la violenza, non la servile viltà cristiana. Se la vittoria e l'ingiustizia e la felicità non sono per la Germania, siano per altri popoli. Che il cielo esista, anche se il nostro luogo è l'inferno.

Guardo il mio volto nello specchio per sapere chi sono, per sapere come mi comporterò tra qualche ora, quando mi troverò di fronte alla fine. La mia carne può aver paura; io, no.

La ricerca di Averroè

S'imaginant que la tragédie n'est autre chose que l'art de louer...

ERNEST RENAN: *Averroès*, 48 (1861)

Abulgualid Mohammed Ibn-Ahmed Ibn-Mohammed Ibn-Rushd (un secolo avrebbe impiegato questo lungo nome a divenire Averroè, passando per Benraist e per Avernriz, per Aben-Rassed e Filius Rosadis) stendeva l'undicesimo capitolo dell'opera *Tahafut-ul-Tahafut* [*Distruzione della distruzione*] nel quale si afferma, contro l'asceta persiano Ghazali, autore di *Tahafut-ul-Falasifa* [*Distruzione dei filosofi*], che la divinità conosce solo le leggi generali dell'universo, quel che si riferisce alla specie, non all'individuo. Scriveva con lenta sicurezza, da destra a sinistra; l'esercizio di formare sillogismi e di concatenare vasti paragrafi non gl'impediva di sentire con benessere la fresca e spaziosa casa che lo circondava. Il meriggio risuonava del roco tubare di amorose colombe; da un *patio* invisibile si levava il rumore d'una fontana; qualcosa nella carne di Averroè, i cui antenati venivano dai deserti d'Arabia, era grato al fluire dell'acqua. In basso erano i giardini, l'orto; in basso, il Guadalquivir percorso da imbarcazioni e l'amata città di Cordova, non meno illustre di Bagdad o del Cairo, simile a un complesso e delicato strumento, e intorno (anche questo sentiva Averroè) si ampliava fino alle frontiere la terra di Spagna, nella quale sono poche cose, ma dove ciascuna sembra starvi in modo sostanziale ed eterno.

La penna scorreva sul foglio, gli argomenti si intrecciavano, irrefutabili, ma una lieve preoccupazione offuscò la felicità di Averroè. Non la causava il *Tahafut*, lavoro fortuito, ma un problema d'indole filologica, connesso con l'opera monumentale che lo avrebbe giustificato davanti al mondo: il commento di Aristotele. Questo greco, fonte di tutta la filosofia, era stato dato agli uomini affinché insegnasse loro tutto ciò che si può conoscere; interpretare i suoi libri, come gli *ulema* interpretano il Corano, era l'arduo proposito di Averroè. Poche cose registrerà la storia piú belle e piú patetiche di questo consacrarsi di un medico arabo ai pensieri di un uomo dal quale lo separavano quattordici secoli. Alle difficoltà intrinseche dobbiamo aggiungere che Averroè, non conoscendo il siriaco e il greco, lavorava sulla traduzione di una traduzione. Il giorno prima, due parole dubbie lo avevano arrestato al principio della *Poetica*. Le parole erano *tragedia* e *commedia*. Le aveva trovate, anni prima, nel terzo libro della *Rettorica*; nessuno, nell'àmbito dell'Islam, aveva la piú piccola idea di quel che volessero dire. Invano aveva sfogliato le pagine di Alessandro di Afrodisia, invano compulsato le versioni del nestoriano Hunain Ibn-Ishaq e di Abn-Bashar Mata. Quelle due parole arcane pullulavano nel testo della *Poetica*; impossibile evitarle.

Averroè depose la penna. Si disse (senza troppa fiducia) che quel che cerchiamo suole trovarsi vicino, mise da parte il manoscritto del *Tahafut* e si diresse allo scaffale dove si allineavano, copiati da calligrafi persiani, i molti volumi del *Mohkam* del cieco Abensida. Non si poteva supporre che non li avesse consultati, ma lo tentò l'ozioso piacere di sfogliare le loro pagine. Da tale distrazione lo distrasse una strana melodia. Guardò attraverso l'inferriata del balcone: giú, nel piccolo *patio*, giocavano alcuni ragazzi seminudi. Uno, in piedi sulle spalle di un altro, faceva evidentemente da *muezzin*; con gli occhi chiusi, salmodiava: "Non c'è altro dio che Allah." Quello che lo sosteneva, immobile, faceva da minareto; un terzo, inginocchiato nella polvere, rappresentava i fedeli. Il giuoco durò poco; tutti volevano essere il *muezzin*, nessuno i fedeli e il minareto. Averroè li udí litigare in dialetto volgare, cioè nel primitivo spagnolo della plebe musulmana della penisola. Aprí il *Quitab-ul-Ain* di Jalil e pensò con orgoglio che in tutta Cordova (e forse in tutto Al-Andalus) non esisteva una copia dell'opera perfetta quanto quella che l'emiro Yacub Almansur gli aveva mandata da Tangeri. Il nome di questo porto gli ricordò che il mercante Abulcasim Al-Asharí, ch'era appena tornato dal Marocco, avrebbe cenato con lui quella sera in casa dell'alcoranista Farach. Abulcasim diceva di aver toccato i regni dell'impero di Sin (la Cina); i suoi detrattori, con la speciale logica dell'odio, giuravano che non aveva mai toccato la Cina, e che nei templi di quel paese aveva bestemmiato Allah. La riunione sarebbe durata certamente alcune ore; Averroè si affrettò pertanto a riprendere il manoscritto del *Tahafut*. Lavorò fino al crepuscolo.

Il dialogo, in casa di Farach, passò dalle incomparabili virtú del governatore a quelle di suo fratello l'emiro; piú tardi, nel giardino, parlarono di rose. Abulcasim, che non le aveva neppure guardate, giurò che non c'erano rose come quelle che ornano le ville andaluse. Ma Farach non si lasciò corrompere; osservò che il dotto Ibn Qutaiba descrive una straordinaria varietà della rosa perpetua, che nasce nei giardini dell'Indostan e i cui petali, d'un rosso acceso, recano caratteri che dicono: "Non c'è altro dio che Allah, e Maometto è il suo profeta." Aggiunse che Abulcasim probabilmente aveva visto quelle rose. Abulcasim lo guardò allarmato. Se rispondeva di sí, tutti lo avrebbero giudicato, a ragione, il peggiore degli impostori; se rispondeva di no, l'avrebbero detto un infedele. Optò per mormorare che il Signore possiede le chiavi delle cose occulte e che non c'è sulla terra cosa fresca o appassita che non sia registrata nel suo libro. Queste parole si trovano in una delle prime *azore*; le accolse un mormorio reverente. Orgoglioso di quella vittoria dialettica, Abulcasim si apprestava a dire che il Signore è perfetto nelle sue opere e inscrutabile. In quel momento Averroè dichiarò, prefigurando le remote ragioni di un ancora problematico Hume:

"Mi costa meno ammettere un errore nel dotto Ibn Qutaiba, o nei copisti, che ammettere che la terra dia rose che recano sui petali la professione della fede."

"Cosí è. Grandi e vere parole," disse Abulcasim.

"Un viaggiatore," ricordò il poeta Abdalmalik, "parla di un albero i cui frutti sono verdi uccelli. Meno mi costa credere a ciò che a rose con caratteri."

"Il colore degli uccelli," disse Averroè, "sembra facilitare il prodigio. Inoltre, frutti e uccelli appartengono al mondo naturale, ma la scrittura è un'arte. Passare da foglia a uccello è piú facile che da rose a caratteri."

Un altro ospite negò con indignazione che la scrittura fosse un'arte, giacché l'originale del Corano — *la madre del Libro* — è anteriore alla Creazione ed è conservato nel cielo. Un altro parlò di Chahiz di Basra, il quale disse che il Corano è una sostanza che può assumere la forma d'un uomo o d'un animale, opinione che sembra accordarsi con quella di coloro che gli attribuiscono due facce. Farach espose lungamente la dottrina ortodossa. Il Corano — disse — è uno degli attributi di Dio, come la Sua pietà; lo si copia in un libro, lo si pronuncia con la lingua, lo si ricorda nel cuore; l'idioma, i segni e la scrittura sono opera degli uomini, ma il Corano è irrevocabile ed eterno. Averroè, che aveva commentato la *Repubblica*, avrebbe potuto dire che la madre del Libro è come il suo modello platonico, ma pensò che la teologia era un tema del tutto inaccessibile ad Abulcasim.

Altri, che avevano pensato lo stesso, pregarono Abulcasim di narrare qualche meraviglia. Allora, come adesso, il mondo era atroce; potevano percorrerlo gli audaci, ma anche i miserabili, che si piegavano a tutto. La memoria di Abulcasim era uno specchio di intime viltà. Che cosa poteva narrare? Inoltre gli chiedevano meraviglie, e la meraviglia è incomunicabile; la luna del Bengala non è uguale alla luna dello Yemen, ma si lascia descrivere con le stesse parole. Abulcasim esitò; poi parlò:

"Chi percorre i climi e le città," affermò con compunzione, "vede molte cose che son degne di credito. Come questa, ad esempio, che ho narrata una sola volta, al re dei turchi. Accadde in Sin Kalàn (Canton), dove il fiume dell'Acqua della Vita sbocca nel mare."

Farach chiese se la città si trovava a molte leghe dalla muraglia che Iskandar Zul Quarnain (Alessandro Bicorne di Macedonia) aveva innalzata per fermare Gog e Magog.

"Deserti la separano da essa," disse Abulcasim con involontario orgoglio. "Quaranta giorni impiegherebbe una carovana per scorgere le sue torri e altrettanti per raggiungerla. In Sin Kalàn non ho conosciuto alcuno che la vide o che abbia visto chi la vide."

Il timore dell'infinito, del puro spazio, della pura materia, sfiorò per un istante Averroè. Guardò il simmetrico giardino; si seppe invecchiato, inutile, irreale. Abulcasim continuava:

"Una sera, i mercanti musulmani di Sin Kalàn mi condussero a una casa di legno dipinto, nella quale vivevano molte persone. Non è possibile descrivere questa casa: era piuttosto una sola stanza, con file di gabbie o di balconi, una sull'altra. In quelle cavità c'era gente che mangiava e beveva, e così anche sul pavimento e sulla terrazza. Le persone che erano sulla terrazza suonavano il tamburo e il liuto, tranne quindici o venti, con maschere di color rosso, che pregavano, cantavano e dialogavano. Erano prigionieri, e non si vedeva la prigione; cavalcavano, ma non si vedeva il cavallo; combattevano, ma le spade erano di canna; morivano, e poi si rialzavano."

"Gli atti dei pazzi," disse Farach, "eccedono le previsioni del savio."

"Non erano pazzi," spiegò Abulcasim, "rappresentavano, a quanto mi disse un mercante, una storia."

Nessuno comprese, nessuno sembrò voler comprendere. Abulcasim, confuso, passò dalla narrazione a rozze spiegazioni. Disse, aiutandosi coi gesti:

"Immaginiamo che qualcuno mostri una storia, invece di raccontarla. Per esempio, la storia dei dormienti di Efeso. Li vedremo entrare nella caverna, li vedremo pregare e addormentarsi, dormire con gli occhi aperti, li vedremo crescere mentre dormono, li vedremo ridestarsi dopo trecentonove anni, dare al venditore un'antica moneta, li vedremo ridestarsi nel paradiso. Una cosa del genere mostrarono quella sera le persone sulla terrazza."

"Parlavano quelle persone?" domandò Farach.

"Certo che parlavano," disse Abulcasim, convertito in apologista di uno spettacolo che ricordava appena e che lo aveva abbastanza annoiato. "Parlavano, cantavano e peroravano!"

"In tal caso," disse Farach, "non occorrevano tante persone. Un solo narratore può riferire qualsiasi cosa, per complessa che sia."

Tutti approvarono il giudizio. Furono esaltate le virtú dell'arabo, che è lingua che Dio usa per comandare agli angeli; poi, quelle della poesia araba. Abdalmalik, dopo averla ben vagliata, tacciò di antiquati i poeti che in Damasco o in Cordova si mantenevano ancora fedeli a immagini pastorali e a un vocabolario beduino. Disse ch'era assurdo che un uomo, davanti al cui sguardo si stendeva il Guadalquivir, cantasse l'acqua di un pozzo. Accennò all'opportunità di rinnovare le antiche metafore; disse che quando Zuhair aveva paragonato il destino a un cammello cieco, l'immagine aveva potuto stupire la gente, ma che cinque secoli di ammirazione l'avevano logorata. Tutti approvarono il giudizio, che avevano già ascoltato molte volte, da molte bocche. Averroè taceva. Finalmente parlò, meno per gli altri che per se stesso.

"Con minore eloquenza," disse, "ma con argomenti simili, ho difeso talora l'opinione espressa da Abdalmalik. In Alessandria è stato detto che è incapace di una colpa solo chi l'ha già commessa e s'è pentito; per essere liberi da un errore, possiamo aggiungere, è bene averlo professato. Zuhair, nella sua lirica, dice che nel trascorrere di ottant'anni di dolore e di gloria ha visto molte volte il destino colpire all'improvviso gli uomini, come un cammello cieco; Abdalmalik afferma che questa figura non può piú meravigliare. A questa osservazione si potrebbero rispondere molte cose. La prima è che, se il fine della poesia fosse la meraviglia, il suo tempo non si misurerebbe a secoli, ma a giorni e a ore, e forse a minuti. La seconda, che un grande poeta è meno inventore che scopritore. Per lodare Ibn-Sharaf di Berja, si è ripetuto che egli soltanto avrebbe potuto immaginare che le stelle all'alba cadono lentamente, come cadono le foglie degli alberi; se ciò fosse vero, dimostrerebbe che l'immagine è futile. L'immagine che un solo uomo può formare non tocca nessuno. Infinite sono le cose sulla terra; una qualunque di esse può essere paragonata a qualunque altra. Paragonare le stelle a foglie non è meno arbitrario che paragonarle a pesci o a uccelli. Tutti, invece, hanno sentito qualche volta che il destino è forte e stupido, innocente e inumano. Per questo sentimento, che può essere passeggero o costante, ma che nessuno elude, fu scritto il verso di Zuhair. Non si dirà meglio quel che lí è detto. Inoltre (e questo forse è l'essenziale delle mie riflessioni) il tempo, che dirocca i castelli, aggiunge forza ai versi. Quello di Zuhair, quando questi lo compose in Arabia, servì a paragonare due immagini, quella del vecchio cammello e quella del destino; ripetuto ora, serve a ricordare Zuhair e a confondere il nostro dolore con quello del poeta morto. La figura aveva due termini, ora ne ha quattro. Il tempo amplia l'orizzonte dei versi; ve ne sono alcuni che, come la musica, sono tutto per tutti gli uomini. Cosí, tormentato anni fa in Marrakesh dal ricordo di Cordova, mi compiacevo di ripetere l'apostrofe che Abdurrahmàn rivolse nei giardini di Ruzafa a una palma africana:

> O palma! tu pure sei
> in questo suolo straniera...

"Singolare beneficio della poesia: le parole scritte da un re che anelava all'Oriente servirono a me, esiliato in Africa, per esprimere la mia nostalgia della Spagna."

Poi Averroè parlò dei primi poeti, di coloro che nel Tempo dell'Ignoranza, prima dell'Islam, già dissero tutte le cose, nell'infinito linguaggio dei deserti. Allarmato, non senza ragione, per le futilità di Ibn-Sharaf, disse che negli antichi e nel Corano era racchiusa tutta la poesia e condannò come vana e frutto d'ignoranza l'ambizione d'innovare. Gli altri ascoltarono con piacere, poiché difendeva la tradizione.

I *muezzin* chiamavano alla preghiera della prima luce quando Averroè fece ritorno alla biblioteca. (Nell'*harem*, le schiave dai capelli neri avevano torturato una schiava dai capelli rossi, ma egli non l'avrebbe saputo che la sera.) Qualcosa gli aveva rivelato il significato delle due parole oscure. Con ferma e curata calligrafia aggiunse al manoscritto queste righe: "Aristú (Aristotele) chiama tragedia i panegirici e commedia le satire e gli anatemi. Mirabili tragedie e commedie abbondano nelle pagine del Corano e nelle iscrizioni del santuario."

Sentí sonno, e provò freddo. Scioltosi il turbante, si guardò in uno specchio di metallo. Non so quel che videro i suoi occhi, perché nessuno storico ha descritto la forma del suo volto. So che scomparve bruscamente, come folgorato da una vampa senza luce, e che con lui scomparvero la casa e l'invisibile fontana e i libri e i manoscritti e le colombe e le molte schiave dai capelli neri e la tremante schiava dai capelli rossi e Farach e Abulcasim e i roseti e lo stesso Guadalquivir.

Nella storia che precede ho voluto narrare il processo di una sconfitta. Pensai, al principio, a quell'arcivescovo di Canterbury che si propose di dimostrare che c'è un Dio; poi, agli alchimisti che cercarono la pietra filosofale; in seguito, alle vane trisezioni dell'angolo e quadrature del cerchio. Poi riflettei che è piú poetico il caso di un uomo il quale si propone un fine che non è vietato agli altri, ma a lui soltanto. Ricordai Averroè, che chiuso nell'àmbito dell'Islam non poté mai sapere il significato delle voci *tragedia* e *commedia*. Presi a narrare il caso; a misura che procedevo, sentivo quel che dovette sentire quel dio di cui parla Burton, il quale s'era proposto di creare un toro e creò un bufalo. Sentii che l'opera si burlava di me. Sentii che Averroè, che voleva immaginare quel che è un dramma senza sapere che cos'è un teatro, non era piú assurdo di me, che volevo immaginare Averroè senz'altro materiale che qualche notizia tratta da Renan, Lane e Asín Palacios. Sentii, giunto all'ultima pagina, che la mia narrazione era un simbolo dell'uomo che io ero mentre la scrivevo, e che, per scriverla, avevo dovuto essere quell'uomo, e che, per essere quell'uomo, avevo dovuto scrivere quella storia, e cosí ail'infinito. (Nell'istante in cui cesso di credere in lui, Averroè sparisce.)

Lo Zahir

a Wally Zenner

A Buenos Aires lo Zahir è una moneta comune, da venti centesimi; graffi di coltello o di temperino tagliano le lettere NT e il numero due; 1929 è la data incisa sul rovescio. (A Guzerat, alla fine del secolo XVIII, fu Zahir una tigre; in Giava, un cieco della moschea di Surakarta, che fu lapidato dai fedeli; in Persia, un astrolabio che Nadir Shah fece gettare in mare; nelle prigioni del Mahdí, intorno al 1892, una piccola bussola avvolta in un brandello di turbante, che Rudolf Carl von Slatin toccò; nella moschea di Cordova, secondo Zotenberg, una vena nel marmo di uno dei milleduecento pilastri; nel ghetto di Tetuàn, il fondo di un pozzo.) Oggi è il tredici di novembre; il giorno sette di giugno, all'alba, lo Zahir giunse alle mie mani; non sono piú quello che ero allora, ma ancora mi è dato ricordare, e forse narrare, l'accaduto. Ancora, seppure parzialmente, sono Borges.

Il sei giugno morí Teodelina Villar. Le sue fotografie, intorno al 1930, occupavano le riviste mondane; il loro numero forse fece sí che fosse giudicata bella, sebbene non tutte le immagini confortassero la supposizione. D'altronde, Teodelina Villar non si preoccupava tanto della bellezza quanto della perfezione. Gli ebrei e i cinesi hanno codificato tutte le circostanze umane; nella Mishnah si legge che, iniziato il crepuscolo del sabato, un sarto non deve uscire di casa con l'ago in mano; nel libro dei Riti, che un ospite, nel ricevere il primo calice, deve assumere un'aria grave, e nel ricevere il secondo, un'aria deferente e felice. Analogo, ma piú minuzioso, era il rigore che s'imponeva Teodelina Villar. Ella cercava, come il fedele di Confucio o l'osservante del Talmud, l'impeccabile correttezza d'ogni atto, ma il suo impegno era piú ammirevole e piú arduo, giacché le norme del suo credo non erano eterne, ma si piegavano al capriccio di Parigi o di Hollywood. Teodelina Villar si mostrava in luoghi ortodossi, all'ora ortodossa, con attributi ortodossi, svogliatezza ortodossa, ma svogliatezza, attributi, ora e luoghi decadevano quasi immediatamente, e servivano (in bocca di Teodelina Villar) a definire atteggiamenti provinciali. Ella cercava l'assoluto, come Flaubert, ma l'assoluto nel momentaneo. La sua vita era esemplare, e tuttavia la consumava senza tregua una disperazione interiore. Tentava continue metamorfosi, come per sfuggire a se stessa; il colore dei suoi capelli e la loro acconciatura erano famosi per la loro instabilità. Cosí pure cambiavano il sorriso, l'incarnato, il taglio degli occhi. Dopo il 1932, fu accuratamente sottile... La guerra le portò serie preoccupazioni. Occupata dai tedeschi Parigi, come seguire la moda? Uno straniero del quale ella aveva sempre diffidato abusò della sua buona fede per venderle una quantità di cappelli di foggia cilindrica; un anno dopo, si sparse la notizia che quegli strani arnesi *non s'erano mai portati a Parigi* e di conseguenza non erano cappelli ma arbitrari e non autorizzati capricci. Le disgrazie non vengono mai sole; il dottor Villar dovette stabilirsi in via Aráoz e l'immagine di sua figlia decorò annunci pubblicitari di creme e d'automobili. (Le creme che usava in abbondanza, le automobili che *non* possedeva piú!) Sapeva, Teodelina Villar, che il buon esercizio della sua arte esigeva una grande fortuna; preferí ritirarsi a zoppicare. La mortificava, inoltre, competere con ragazzette da niente. Il sinistro appartamento di via Aráoz divenne troppo oneroso; il sei giugno, Teodelina Villar commise l'errore di morire in pieno Quartiere Sud. Confesserò che, mosso dalla piú sincera delle passioni argentine, lo snobismo, io ero innamorato di lei e che la sua morte mi toccò fino alle lagrime? Forse il lettore l'ha già sospettato.

Nelle veglie funebri, il progresso della corruzione fa sí che il morto riacquisti le sue facce anteriori. In una delle tappe della confusa notte del sei giugno, Teodelina Villar fu, magicamente, quella che era stata vent'anni prima; i suoi tratti ripresero l'autorità che danno la superbia, il denaro, la giovinezza, la coscienza di coronare una gerarchia, la mancanza d'immaginazione, i limiti, la stolidità. Pensai, pressappoco: nessuna versione di codesto volto che tanto mi inquietò, sarà memorabile quanto questa; conviene che sia l'ultima, giacché è stata la prima. Rigida tra i fiori la lasciai, il disdegno reso perfetto dalla morte. Saranno state le due del mattino quando uscii. Fuori, le previste file di case basse e di case a un sol piano avevano assunto l'aria astratta che sogliono assumere la notte, quando l'ombra e il silenzio le semplificano. Ebbro d'una pietà quasi impersonale, camminai per le strade. All'angolo tra quelle di Chile e Tacuarí, vidi una mescita aperta. In quella mescita, per mia sventura, tre uomini giocavano al trucco.

Nella figura che si chiama *oximoron*, si applica a una parola un epiteto che sembra contraddirla; cosí gli gnostici parlarono di luce oscura; gli alchimisti, di un sole nero. Uscire dalla mia ultima visita a Teodelina Villar ed entrare in una mescita, era una specie di oximoron; la sua grossolanità e facilità mi tentarono. (La circostanza che vi si giocasse a carte, aumentava il contrasto.) Chiesi un'aranciata; nel resto mi dettero lo Zahir; lo guardai un istante; uscii, forse con un principio di febbre. Pensai che non esiste moneta che non sia simbolo delle monete che senza fine risplendono nella storia e nella favola. Pensai all'obolo di Caronte; all'obolo che chiese Belisario; ai trenta denari di Giuda; alle dracme della cortigiana Taide; all'antica moneta che offrí uno dei dormienti di Efeso; alle lucenti monete del mago delle *Mille e una notte*, che poi si rivelarono cerchi di carta; al denaro inesauribile di Isaac Laquedem; alle sessantamila monete d'argento, una per ciascun verso di un'epopea, che Firdusi restituí a un re perché non erano d'oro; all'oncia d'oro che Ahab fece inchiodare all'albero della nave; al fiorino irreversibile di Leopold Bloom; al luigi la cui effige denunció, presso Varennes, il fuggitivo Luigi XVI. Come in un sogno, il pensiero che ogni moneta permette tali illustri parentele mi parve di grande, benché inesplicabile, importanza. Percorsi, con crescente rapidità, le vie e le piazze deserte. La stanchezza m'arrestò a un cantone. Vidi una paziente inferriata; dietro, vidi le piastrelle nere e bianche dell'atrio della Concezione. Avevo errato in un cerchio; mi trovavo a un isolato dalla mescita dove m'avevano dato lo Zahir.

Svoltai; l'angolo oscuro m'indicò, da lontano, che la mescita era chiusa. In via Belgrano presi un tassí; insonne, invasato, quasi felice, pensai che nulla è meno materiale del denaro, giacché qualsiasi moneta (una moneta da venti centesimi, ad esempio) è, a rigore, un repertorio di futuri possibili. Il denaro è un ente astratto, ripetei, è tempo futuro. Può essere un pomeriggio in campagna, può essere musica di Brahms, può essere carte geografiche, può essere giuoco di scacchi, può essere caffè, può essere le parole di Epitteto, che insegnano il disprezzo dell'oro; è un Proteo piú versatile di quello dell'isola Pharos. È tempo imprevedibile, tempo di Bergson, non tempo rigido dell'Islam o del Portico. I deterministi negano che ci sia al mondo un solo fatto possibile, *id est* un fatto che sia potuto accadere; una moneta simboleggia il libero arbitrio. (Non sospettavo che tali pensieri erano nient'altro che un artificio contro lo Zahir e una prima manifestazione del suo demoniaco influsso.) M'addormentai dopo un tenace cavillare, ma sognai d'essere le monete custodite da un grifone.

Il giorno seguente decisi ch'ero stato ebbro. Decisi altresí di liberarmi della moneta che tanto m'inquietava. La guardai: nulla aveva di particolare, salvo qualche graffio. Seppellirla nel giardino o nasconderla in un angolo della biblioteca sarebbe stata la cosa migliore, ma io volevo allontanarmi dalla sua orbita. Preferii disfarmene. Non andai al Pilar, quella mattina, né al cimitero; andai, con la metropolitana, a piazza della Costituzione e di lí a San Giovanni e Boedo. Scesi, impensatamente, in via Urquiza; mi diressi ad ovest e a sud; girai, con disordine studiato, alquanti angoli e in una via che mi parve uguale a tutte le altre, entrai in una bottega qualunque, chiesi un bicchierino e pagai con lo Zahir. Tenni gli occhi socchiusi, dietro gli occhiali affumicati; riuscii a non vedere i numeri delle case né il nome della strada. Quella notte, presi una pastiglia di "veronal" e dormii tranquillo.

Fino alla fine di giugno mi distrasse la fatica di comporre un racconto fantastico. Questo racchiude due o tre perifrasi enigmatiche — in luogo di *san-*

gue dice *acqua della spada*; in luogo di *oro, letto del serpente* — ed è scritto in prima persona. Il narratore è un asceta che ha rinunciato al commercio con gli uomini e vive in una specie di deserto. (Gnitaheidr è il nome del luogo.) Per il candore e la semplicità della sua vita, c'è chi lo giudica un angelo; è una pietosa esagerazione, poiché non c'è uomo che sia esente da colpa. Senza andare a cercare piú lontano, egli stesso ha sgozzato suo padre; è vero che questi era un famoso incantatore che s'era impossessato, per arte magica, d'un tesoro infinito. Difendere il tesoro dall'insana avidità degli umani è la missione alla quale il nostro asceta ha dedicato la sua vita; giorno e notte veglia su di esso. Presto, forse prestissimo, quel vegliare avrà fine: le stelle gli han detto che già è stata forgiata la spada che lo troncherà per sempre. (Gram è il nome della spada.) In uno stile sempre piú tortuoso, egli vanta la lucentezza e flessibilità del suo corpo; in qualche luogo parla distrattamente di squame; in un altro, dice che il tesoro sul quale veglia è d'oro fulgente e di anelli rossi. Alla fine capiamo che l'asceta è il serpente Fafnir e il tesoro sul quale giace, quello dei Nibelunghi. L'apparizione di Sigurd interrompe bruscamente la storia.

Ho detto che la stesura di codesta cosetta (nel cui svolgimento intercalai, con pseudoerudizione, alcuni versi della *Fáfnismál*) mi permise di dimenticare la moneta. Vi furono sere in cui mi credetti tanto sicuro di poterla dimenticare, che la ricordavo di mia volontà. Invero, abusai di quei momenti; dar loro inizio era piú facile che por loro fine. Invano ripetei che quell'abominevole disco di nichel non differiva dagli altri che passano di mano in mano, uguali, infiniti e inoffensivi. Spinto da tale riflessione, cercai di pensare a un'altra moneta, ma non potei. Ricordo anche d'aver tentato, inutilmente, qualche esperimento con monete cilene da cinque e dieci centesimi, e con un ventino uruguayano. Il sedici luglio comprai una sterlina; durante il giorno non la guardai, ma quella notte (e altre) la collocai sotto un vetro amplificatore e la studiai alla luce d'una potente lampada. Poi la disegnai con un lapis, attraverso un foglio di carta. Ma a nulla mi valsero il suo fulgore e il dragone e il San Giorgio; non riuscii a cambiare d'idea fissa.

Il mese d'agosto, decisi di consultare uno psichiatra. Non gli confidai tutta la mia ridicola storia; gli dissi che l'insonnia mi tormentava e che soleva perseguitarmi l'immagine d'un oggetto qualunque; ad esempio, quella d'un gettone o d'una moneta... Non molto tempo dopo, esumai in una libreria di via Sarmiento un esemplare di *Urkunden zur Geschichte der Zahirsage* (Breslau, 1899) di Julius Barlach.

In quel libro era dichiarato il mio male. Secondo il prologo, l'autore si propose di "riunire in un solo volume in ottavo maggiore tutti i documenti che si riferiscono alla superstizione dello Zahir, compresi quattro testi appartenenti all'archivio di Habicht e il manoscritto originale della relazione di Philip Meadows Taylor." La credenza relativa allo Zahir è islamica e data, pare, dal secolo XVIII. (Barlach impugna i passi che Zotenberg attribuisce ad Abulfeda.) *Zahir*, in arabo, vuol dire notorio, visibile; in questo senso, è uno dei novantanove nomi di Dio; la gente, in terra musulmana, lo usa per "gli esseri e le cose che hanno la terribile virtú d'essere indimenticabili e la cui immagine finisce per render folli gli uomini." La prima testimonianza indubbia è quella del persiano Luft Alí Azur. Nelle diligenti pagine dell'enciclopedia biografica intitolata *Tempio del Fuoco*, quel monaco poligrafo ha narrato che in una scuola di Shiraz v'era un astrolabio di rame, "costruito in tal modo che chi lo guardava una volta non pensava piú ad altro e cosí il re ordinò che lo gettassero nel profondo del mare, affinché gli uomini non obliassero l'universo." Piú ampia è la relazione di Meadows Taylor, il quale serví il *nizam* di Haidarabad e scrisse il famoso romanzo *Confessions of a Thug*. Intorno al 1832, Taylor udí nei sobborghi di Bhuj l'insolita espressione "aver visto la Tigre" (*Verily he has looked on the Tiger*), per significare la pazzia e la santità. Gli dissero che si alludeva, con quella locuzione, a una tigre magica, ch'era stata la perdizione di quanti l'avevano

vista, anche da lontano, perché tutti, da quel momento, avevano pensato incessantemente ad essa, fino alla fine dei loro giorni. Qualcuno disse che uno
di quegli sventurati era fuggito a Mysore, e là aveva dipinto, in un palazzo, la figura della tigre. Alcuni anni dopo, Taylor visitò le carceri di quel regno; nel carcere di Nittur, il governatore gli mostrò
una cella, dove sul pavimento, sui muri e sul soffitto un fachiro musulmano aveva disegnato (in
rozzi colori che il tempo, invece di cancellare, affi-
nava) una specie di tigre infinita. Quella tigre era
fatta di molte tigri, in modo vertiginoso; l'attraver-
savano tigri, era tagliata da tigri, comprendeva mari,
Himalaya ed eserciti che parevano rivelare altre tigri. Il pittore era morto molti anni prima, in quella
stessa cella; veniva da Sind o forse da Guzerat, e il
suo proposito iniziale era stato quello di tracciare un
mappamondo. Di tale proposito restavano vestigia
nella mostruosa immagine. Taylor narrò la storia a
Mohammed Al-Yemení, di Fort William; questi gli
disse che non c'era creatura al mondo che non tendesse ad essere Zaheer,[1] ma che il Misericordioso non
permette che due cose al tempo stesso lo siano, giacché una sola può affascinare moltitudini. Disse che
c'è sempre uno Zahir e che nell'Età dell'Ignoranza
fu l'idolo che si chiamò Yaúq e poi un profeta del

---

[1] Cosí scrive Taylor la parola.

Jorasàn, che usava un velo ricamato di perle o una maschera d'oro. [2] Disse anche che Dio è inscrutabile.

Lessi più volte la monografia di Barlach. Non sono in grado di decifrare i miei sentimenti di allora; ma ricordo la mia disperazione quando compresi che nulla ormai m'avrebbe salvato, l'intimo sollievo nel sapere che non ero colpevole della mia disgrazia, l'invidia che destarono in me gli uomini il cui Zahir non era stato una moneta ma un pezzo di marmo o una tigre. Quale facile impresa non pensare a una tigre, riflettei. Ricordo anche l'inquietudine singolare con cui lessi questo paragrafo: "Un commentatore del *Gulshan i Raz* dice che chi ha visto lo Zahir presto vedrà la Rosa e cita un verso interpolato nell'*Asrar Nama* (Libro di cose che si ignorano) di Attar: lo Zahir è l'ombra della Rosa e lo squarcio del Velo."

La notte che avevamo vegliato Teodelina, m'aveva sorpreso non vedere tra i presenti la signora di Abascal, sua sorella minore. In ottobre, una sua amica mi disse:

"Povera Giulietta, era divenuta stranissima e hanno dovuto rinchiuderla al Bosch. Come le stancherà, le infermiere che la imboccano... Continua con

_____

[2] Barlach osserva che Yaúq compare nel Corano (71, 23) e che il profeta è Al-Moqanna (Il Velato) e che nessuno, tranne il sorprendente interlocutore di Philip Meadows Taylor, li ha messi in relazione con lo Zahir.

quella fissazione della moneta, come l'autista di Morena Sackmann."

Il tempo, che attenua i ricordi, rafforza quello dello Zahir. Prima, mi raffiguravo il dritto e poi il rovescio; ora, li vedo simultaneamente. Ciò non avviene come se lo Zahir fosse di vetro, poiché una faccia non si sovrappone all'altra; avviene, piuttosto, come se la visione fosse sferica e lo Zahir stesse nel centro. Ciò che non è lo Zahir mi giunge soffocato e come lontano: la sdegnosa immagine di Teodelina, il dolore fisico. Disse Tennyson che se potessimo comprendere un solo fiore sapremmo chi siamo e cos'è il mondo. Forse volle dire che non c'è fatto, per umile che sia, che non racchiuda la storia universale e la sua infinita concatenazione di effetti e di cause. Forse volle dire che il mondo visibile è intero in ogni rappresentazione, cosí come la volontà, secondo Schopenhauer, è intera in ogni individuo. I cabalisti affermarono che l'uomo è un microcosmo, un simbolico specchio dell'universo; secondo Tennyson, tutto lo sarebbe. Tutto, anche l'intollerabile Zahir.

Prima del 1948, il destino di Giulia m'avrà raggiunto. Dovranno alimentarmi e vestirmi, non saprò se è sera o mattina, non saprò chi fu Borges. Chiamare terribile un tale futuro è un errore, giacché nessuna delle sue circostanze mi toccherà. Tanto varrebbe sostenere che è terribile il dolore di chi, sotto anestesia, ha aperto il cranio. Non percepirò piú l'universo, percepirò lo Zahir. Secondo la dottrina idealista, i verbi *vivere* e *sognare* sono rigorosamente sinonimi; di migliaia di apparenze, me ne rimarrà una; da un sogno molto complesso, passerò a uno molto semplice. Altri sogneranno che sono pazzo; io, lo Zahir. Quando tutti gli uomini della terra penseranno, giorno e notte, allo Zahir, quale sarà il sogno e quale la realtà, la terra o lo Zahir?

Nelle ore deserte della notte ancora posso camminare per le strade. L'alba suole sorprendermi su una panchina di piazza Garay, mentre penso (mentre cerco di pensare) a quel passo dell'*Asrar Nama*, dove si dice che lo Zahir è l'ombra della Rosa e lo squarcio del Velo. Metto quella definizione in rapporto a questa notizia; per perdersi in Dio, i sufisti ripetono il loro nome o i novantanove nomi divini finché questi non vogliono piú dire nulla. Io desidero percorrere tale via. Forse finirò per logorare lo Zahir a forza di pensarlo e ripensarlo; forse dietro la moneta è Dio.

La scrittura del dio

a Ema Risso Platero

Il carcere è profondo e di pietra; la sua forma, quella di un emisfero quasi perfetto, perché il pavimento (anch'esso di pietra) è un po' minore di un cerchio massimo, il che aggrava in qualche modo i sentimenti di oppressione e di vastità. Un muro lo taglia a metà; esso, benché sia altissimo, non tocca la volta. Da un lato sto io, Tzinacàn, mago della piramide di Qaholom, che Pedro de Alvarado incendiò; dall'altro è un giaguaro, che misura con segreti passi uguali il tempo e lo spazio della prigione. Al livello del suolo, una lunga finestra munita di spranghe taglia il muro centrale. Nell'ora senz'ombra, si apre in alto una botola e un carceriere logorato dagli anni manovra una puleggia di ferro e ci cala, mediante una corda, brocche d'acqua e pezzi di carne. La luce entra dalla volta; in quell'istante posso vedere il giaguaro.

Ho perduto il conto degli anni che giaccio nelle tenebre; io, che una volta ero giovane e potevo camminare per questa prigione, non faccio altro che aspettare, nella posizione della mia morte, la fine che mi destinano gli dèi. Con il profondo coltello di pietra ho aperto il petto delle vittime, e ora non potrei, se non per magia, alzarmi dalla polvere.

Il giorno prima dell'incendio della Piramide, gli uomini che erano scesi da alti cavalli mi torturarono con ferri ardenti perché rivelassi il luogo dov'era nascosto il tesoro. Abbatterono, davanti ai miei occhi, l'immagine del dio, ma questi non mi abbandonò e io rimasi silenzioso fra i tormenti. Mi lacerarono, mi spezzarono, mi deformarono, e infine rinvenni in questo carcere, che non lascerò piú nella mia vita mortale.

Spinto dalla necessità di far qualcosa, di popolare in qualche modo il tempo, volli ricordare, nella mia ombra, tutto quel che sapevo. Notti intere consumai a ricordare l'ordine e il numero di certi serpenti di pietra o la forma di un albero medicinale. Cosí andai debellando gli anni, cosí rientrai in possesso di quanto era già mio. Una notte sentii che mi avvicinavo a un ricordo prezioso; prima di vedere il mare, il viaggiatore avverte un'agitazione nel sangue. Ore piú tardi, cominciai ad avvistare il ricordo; era una delle tradizioni del dio. Questi, prevedendo che alla fine dei tempi sarebbero occorse molte sventure e rovine, scrisse nel primo giorno della Creazione una sentenza magica, atta a scongiurare quei mali. La scrisse in modo che giungesse alle piú remote generazioni e che non la toccasse il caso. Nessuno sa in quale punto l'abbia scritta né con quali caratteri, ma ci consta che perdura, segreta, e che la leggerà un eletto. Considerai che eravamo, come sempre, alla fine dei tempi e che il mio destino di ultimo sacerdote del dio mi riserbava il privilegio di decifrare quella scrittura. Il fatto che un carcere mi circondasse non mi vietava tale speranza; forse io avevo visto migliaia di volte l'iscrizione di Qaholom e non dovevo che capirla.

Questa riflessione mi animò e poi mi dette una specie di vertigine. Nell'ambito della terra esistono forme antiche, forme incorruttibili ed eterne; una qualunque di esse poteva essere il simbolo che cercavo. Una montagna poteva essere la parola del dio, o un fiume o l'impero o la configurazione degli astri. Ma nel corso dei secoli le montagne si livellano e il percorso di un fiume suole mutare, gl'imperi conoscono cambiamenti e la figura degli astri varia. Nel firmamento avvengono mutamenti. La montagna e la stella sono individui e gli individui sono caduchi. Cercai qualcosa di piú tenace, di piú invulnerabile. Pensai alle generazioni dei cereali, dei pascoli, degli uccelli, degli uomini. Forse nel mio volto era scritta la magia, forse io stesso ero il fine della mia ricerca. Ero in questo travaglio quando ricordai che il giaguaro era uno degli attributi del dio.

Allora la mia anima si riempí di pietà. Immaginai la prima mattina del tempo; immaginai il mio dio mentre affidava il messaggio alla pelle viva dei giaguari, che si sarebbero amati e generati senza fine, in caverne, in canneti, in isole, affinché gli ultimi uomini lo ricevessero. Immaginai la rete delle tigri, il caldo labirinto delle tigri, spargere l'orrore per i prati e tra le greggi perché fosse conservato un disegno. Nell'altra cella era un giaguaro; nella sua vicinanza ravvisai una conferma della mia supposizione e un segreto favore.

Dedicai lunghi anni a imparare l'ordine e la configurazione delle macchie. Ogni cieca giornata mi concedeva un istante di luce, e così potei fissare nella mia mente le nere forme che macchiavano il pelame giallo. Alcune racchiudevano punti; altre formavano linee trasversali nella parte interna delle zampe; altre, a disegno anulare, si ripetevano. Forse erano uno stesso suono o una stessa parola. Molte avevano orli rossi.

Non dirò la stanchezza della mia fatica. Spesso gridai alla volta che era impossibile decifrare quel testo. Gradatamente l'enigma concreto che mi occupava m'inquietò meno che l'enigma generale di una sentenza scritta da un dio. Quale tipo di sentenza — mi chiesi — costruirà una mente assoluta? Considerai che anche nei linguaggi umani non c'è proposizione che non implichi l'universo intero; dire *la tigre* è dire le tigri che la generarono, i cervi e le testuggini che divorò, il pascolo di cui si alimentarono i cervi, la terra che fu madre del pascolo, il cielo che dette luce alla terra. Considerai che nel linguaggio di un dio ogni parola deve enunciare questa infinita concatenazione dei fatti, e non in modo implicito ma esplicito, non progressivo ma immediato. Con il tempo, l'idea di una sentenza divina mi parve puerile o empia. Un dio — riflettei — deve dire solo una parola, e in quella parola la pienezza. Nessuna voce articolata da lui può essere inferiore all'universo o minore della somma del tempo. Ombre o simulacri di quella voce che equivale a un linguaggio, sono le ambiziose e povere voci umane *tutto, mondo, universo*.

Un giorno o una notte — tra i miei giorni e le mie notti, che differenza c'è? — sognai che sul pavimento del carcere c'era un granello di sabbia. Mi riaddormentai, indifferente; sognai che mi destavo e che i granelli di sabbia erano due. Mi riaddormentai; sognai che i granelli di sabbia erano tre. Si andarono così moltiplicando fino a colmare il carcere e io morivo sotto quell'emisfero di sabbia. Compresi che stavo sognando; con un grande sforzo mi destai. Fu inutile; l'innumerevole sabbia mi soffocava. Qualcuno mi disse: *Non ti sei destato alla veglia ma a un sogno precedente. Questo sogno è dentro un altro, e così all'infinito, che è il numero dei granelli di sabbia. La strada che dovrai percorrere all'indietro è interminabile e morrai prima di esserti veramente destato.*

Mi sentii perduto. La sabbia mi rompeva la bocca, ma gridai: *Una sabbia sognata non può uccidermi, né ci son sogni che stiano dentro sogni.* Uno splendore mi destò. Nella tenebra sopra di me si librava un cerchio di luce. Vidi il volto e le mani del carceriere, la ruota di ferro, la corda, la carne e le brocche. Un uomo si confonde, gradatamente, con la forma del suo destino; un uomo è, alla lunga, ciò che lo determina. Piú che un decifratore o un vendicatore, piú che un sacerdote del dio, io ero un prigioniero. Dall'inesauribile labirinto di sogni tornai, come a una casa, alla dura prigione. Benedissi la sua umidità, benedissi il suo giaguaro, benedissi il foro della luce, benedissi il mio vecchio corpo dolente, benedissi la tenebra e la pietra.

Allora avvenne quel che non posso dimenticare né comunicare. Avvenne l'unione con la divinità, con l'universo (non so se queste parole differiscono). L'estasi non ripete i suoi simboli; c'è chi ha visto Dio in una luce, c'è chi lo ha scorto in una spada o nei cerchi di una rosa. Io vidi una Ruota altissima, che non stava avanti ai miei occhi né dietro né ai lati, ma in ogni parte a un tempo. Quella Ruota era fatta di acqua, ma anche di fuoco, e (benché si vedesse il bordo) era infinita. Intrecciate fra loro, la formavano tutte le cose che saranno, che sono e che furono, ed io ero uno dei fili di quella trama totale, e Pedro de Alvarado, che mi fece tormentare, era un altro. Lí erano le cause e gli effetti e mi bastava vedere quella Ruota per comprendere tutto, senza fine. Oh gioia di comprendere, maggiore di quella di operare o di sentire. Vidi l'universo e vidi gl'intimi disegni dell'universo. Vidi le origini che narra il Libro della Tribú. Vidi le montagne che sorsero dall'acqua, vidi i primi uomini di legno, vidi i vasi che si ribellarono agli uomini, vidi i cani che lacerarono loro la faccia. Vidi il dio senza volto che sta dietro gli dèi. Vidi infiniti processi che formavano una sola felicità e, comprendendo ormai tutto, potei anche capire la scrittura della tigre.

È una formula di quattordici parole casuali (che sembrano casuali) e mi basterebbe pronunciarla ad alta voce per essere onnipotente. Mi basterebbe dirla per abolire questo carcere di pietra, perché il giorno invadesse la mia notte, per essere giovane e immortale, perché il giaguaro lacerasse Alvarado, per affondare il santo coltello in petti spagnoli, per ricostruire la piramide e l'impero. Quaranta sillabe; quattordici parole, e io, Tzinacàn, governerei le terre governate da Moctezuma. Ma so che mai dirò quelle parole, perché non mi ricordo piú di Tzinacàn.

Muoia con il me il mistero che è scritto nelle tigri. Chi ha scorto l'universo, non può pensare a un uomo, alle sue meschine gioie o sventure, anche se quell'uomo è lui. Quell'uomo *è stato lui* e ora non gl'importa piú. Non gl'importa la sorte di quell'altro, non gl'importa la sua azione, poiché egli ora è nessuno. Per questo non pronuncio la formula, per questo lascio che i giorni mi dimentichino, sdraiato nelle tenebre.

... sono paragonabili al ragno, che edifica una casa.

CORANO, XXIX, 40

"Questa," disse Dunraven con un ampio gesto che non disdegnava le offuscate stelle e abbracciava il nero altipiano, il mare e un edificio maestoso e decrepito che sembrava una scuderia decaduta, "è la terra dei miei antenati."

Unwin, il suo compagno, si tolse la pipa di bocca ed emise suoni modesti e approvatori. Era la prima sera dell'estate del 1914; stanchi di un mondo privo della dignità del pericolo, i due amici apprezzavano la solitudine di quel confine di Cornwall. Dunraven nutriva una barba scura e si sapeva autore di una considerevole epopea che i suoi contemporanei non avrebbero quasi potuto scandire e il cui tema non gli era stato ancora rivelato; Unwin aveva pubblicato uno studio sul teorema che Fermat non scrisse in margine a una pagina di Diofanto. Entrambi — occorrerà dirlo? — erano giovani, distratti e appassionati.

"Sarà un quarto di secolo," disse Dunraven, "che Abenjacàn il Bojarí, capo o re di non so quale tribú del Nilo, morí nella camera centrale di quella casa per mano di suo cugino Zaid. Dopo tanti anni, le circostanze della sua morte son rimaste oscure."

Unwin chiese perché, docilmente.

"Per diverse ragioni," fu la risposta. "In primo luogo, quella casa è un labirinto. In secondo luogo, vi stavano a guardia uno schiavo e un leone. In terzo luogo, svaní un tesoro segreto che vi si trovava. In quarto luogo, l'assassino era morto quando l'assassinio avvenne. In quinto luogo..."

Unwin, stanco, lo interruppe.

"Non moltiplicare i misteri," disse. "Questi devono essere semplici. Ricorda la lettera rubata di Poe, ricorda la stanza chiusa di Zangwill."

"Oppure complessi," replicò Dunraven, "ricorda l'universo."

Salendo colline sabbiose, erano giunti al labirinto. Questo, da vicino, parve loro una diritta e quasi interminabile rete, di mattoni non intonacati, poco piú alta di un uomo. Dunraven disse che aveva la forma di un circolo, ma la sua area era tanto estesa che non ci si accorgeva della curvatura. Unwin ricordò Nicola da Cusa, per il quale ogni linea retta è l'arco d'un circolo infinito... Verso mezzanotte scoprirono una porta in rovina, che si apriva su un cieco e rischioso àmbito. Dunraven disse che nell'interno della casa c'erano incroci, ma che, girando sempre a sinistra, sarebbero giunti in poco piú di un'ora al centro della rete. Unwin assentí. I passi cauti risuonarono sul pavimento di pietra; il corridoio si biforcò in altri, piú angusti. La casa sembrava volerli soffocare, il soffitto era basso, dovettero avanzare uno dietro l'altro nella complicata tenebra. Unwin andava avanti. Interrotto da asperità e da angoli, fluiva senza fine contro la sua mano l'invisibile muro. Unwin, lento nell'ombra, udí dalla bocca del suo amico la storia della morte di Abenjacàn.

"Forse il piú antico dei miei ricordi," narrò Dunraven, "è quello di Abenjacàn il Bojarí nel porto di Pentreath. Lo seguiva un uomo nero con un leone; certamente il primo negro e il primo leone che avessero visti i miei occhi, se si tolgono le illustrazioni della Scrittura. Ero un bambino allora, ma la fiera del colore del sole e l'uomo del colore della notte mi impressionarono meno di Abenjacàn. Mi parve altissimo; era un uomo di pelle giallognola, occhi neri socchiusi, naso arrogante, labbra carnose, barba color zafferano, petto robusto, andare sicuro e silenzioso. A casa dissi: 'È venuto un re su una nave.' Poi, quando i muratori cominciarono a lavorare, ampliai quel titolo e lo chiamai il Re di Babele.

"La notizia che il forestiero si sarebbe stabilito a Pentreath fu accolta con piacere; l'estensione e la forma della sua casa, con stupore, anzi con scandalo. Parve intollerabile che una casa fosse composta di una sola stanza e di leghe e leghe di corridoi. 'Tra i mori si useranno simili case, ma tra i cristiani no,' diceva la gente. Il nostro pastore, il signor Allaby, uomo di curiose letture, esumò la storia di un re che la Divinità aveva punito per aver eretto un labirinto, e la divulgò dal pulpito. Il lunedí, Abenjacàn fece visita al pastore; le circostanze della breve intervista non si conobbero allora, ma nessun altro sermone alluse alla superbia e il moro poté contrattare muratori. Anni dopo, quando Abenjacàn perí, Allaby palesò alle autorità la sostanza del dialogo.

"Abenjacàn gli aveva detto, in piedi, queste o simili parole: 'Nessuno può ormai censurare quello che faccio. Le colpe che m'infamano son tali che se anche ripetessi per secoli l'Ultimo Nome di Dio, ciò non sarebbe sufficiente per mitigare uno solo dei miei tormenti; le colpe che m'infamano sono tali che se anche lo uccidessi con queste mani, ciò non aggraverebbe i tormenti che mi destina l'infinita Giustizia. In nessuna terra è sconosciuto il mio nome: sono Abenjacàn il Bojarí e ho retto le tribú del deserto con uno scettro di ferro. Per molti anni le spogliai, con l'aiuto di mio cugino Zaid, ma Dio ascoltò il loro clamore e permise che si ribellassero. I miei uomini furono sconfitti e pugnalati; io riuscii a fuggire col tesoro accumulato nei miei anni di spoliazione. Zaid mi guidò al sepolcro d'un santo, ai piedi d'una montagna di pietra. Ordinai al mio schiavo di vigilare la faccia del deserto; Zaid e io dormimmo, sfiniti. La notte, credetti d'essere prigioniero di una rete di serpenti. Mi destai per l'orrore; al mio fianco, nell'alba, dormiva Zaid; il contatto d'una ragnatela mi aveva fatto fare quel sogno. Mi spiacque che Zaid, che era codardo, dormisse con tanto abbandono. Considerai che il tesoro non era infinito e che egli poteva reclamarne una parte. Alla mia cintura stava la daga con l'impugnatura d'argento; la estrassi e gli trapassai la gola. Nell'agonia, balbettò parole che non potei comprendere. Lo guardai; era morto, ma temetti che si levasse e ordinai allo schiavo di sfigurargli il volto con una pietra. Poi errammo sotto il cielo, finché un giorno scorgemmo un mare. Lo solcavano navi alte; pensai che un morto non avrebbe potuto camminare sull'acqua e decisi di recarmi in altre terre. La prima notte di navigazione, sognai che uccidevo Zaid. Tutto si ripeté com'era accaduto, ma compresi le sue parole. Diceva: *Come ora mi annienti ti annienterò, dovunque tu sia.* Ho giurato di frustrare quella minaccia; mi celerò nel centro d'un labirinto perché il suo fantasma si perda.'

"Ciò detto, se n'era andato. Allaby cercò di convincersi che il moro era pazzo e che l'assurdo labirinto era un simbolo e una chiara prova della sua pazzia. Poi rifletté che quella spiegazione si accordava con lo stravagante edificio e con lo stravagante racconto, ma non con l'impressione di energia che suscitava Abenjacàn. Forse simili storie erano comuni nei deserti egiziani, forse simili stranezze erano (come i draghi di Plinio) meno di una persona che di una cultura... Allaby, a Londra, consultò i numeri arretrati del *Times*; comprovò la verità della rivolta e della sconfitta del Bojarí e del suo visir, che aveva fama di codardo.

"Quegli, appena i muratori ebbero finito i lavori, si installò nel centro del labirinto. Non lo videro piú in paese; a volte Allaby temette che Zaid lo avesse già raggiunto e annientato. La notte, il vento ci portava il ruggito del leone e le pecore nel recinto si stringevano con antica paura.

"Solevano gettar l'àncora nella piccola baia, dirette a Cardiff o a Bristol, navi provenienti da porti orientali. Lo schiavo scendeva dal labirinto (che allora, ricordo, non era color rosa ma cremisi) e scambiava parole africane con le ciurme e sembrava cercare tra gli uomini il fantasma del re. Era fama che quelle imbarcazioni portassero contrabbando, e se portavano contrabbando d'alcool o d'avorio, perché non, anche, d'uomini morti?

"Tre anni dopo ch'era stata eretta la casa, gettò l'àncora ai piedi delle alture la *Rose of Sharon*. Non fui tra coloro che videro il veliero e forse sull'immagine che ne conservo influiscono dimenticate litografie di Aboukir e di Trafalgar, ma credo che fosse una di quelle navi molto lavorate che non paiono opera di arsenalotto ma di falegname, e meno di falegname che d'ebanista. Era (se non nella realtà, nei miei sogni) brunita, oscura, silenziosa e veloce, e l'equipaggio composto d'arabi e malesi.

"Gettò l'àncora all'alba d'un giorno d'ottobre. All'imbrunire, Abenjacàn irruppe in casa di Allaby. Lo dominava il sentimento del terrore; a stento poté articolare che Zaid era già penetrato nel labirinto e che lo schiavo e il leone erano morti. Chiese, gravemente, se le autorità avrebbero potuto proteggerlo. Prima che Allaby rispondesse, se ne andò, come se lo strappasse via lo stesso terrore che l'aveva portato a quella casa, per la seconda e l'ultima volta. Allaby, solo nella sua biblioteca, pensò con stupore che quel pauroso aveva oppresso nel Sudàn tribú di ferro e sapeva cos'è una battaglia e cos'è uccidere. Vide, il giorno dopo, che il veliero era già salpato (diretto a Suakin nel mar Rosso, si seppe in seguito). Rifletté che il suo dovere era accertarsi della morte dello schiavo, e si diresse al labirinto. L'ansante racconto del Bojarí gli era sembrato fantastico, ma a una svolta dei corridoi trovò il leone, ed era morto, e a un'altra lo schiavo, ed era morto, e nella camera centrale trovò il Bojarí, al quale avevano sfigurato il volto. Ai suoi piedi era una cassaforte intarsiata di madreperla; qualcuno aveva forzato la serratura e non rimaneva una sola moneta."

I periodi finali, appesantiti da pause oratorie, volevano essere eloquenti; Unwin indovinò che Dunraven li aveva ripetuti piú volte, con la stessa gravità e la stessa mancanza d'efficacia. Chiese, per simulare interesse:

"Come morirono il leone e lo schiavo?"

L'incorreggibile voce rispose con cupa soddisfazione:

"Anche ad essi sfigurarono la faccia."

Al rumore dei passi si aggiunse il rumore della pioggia. Unwin pensò che avrebbero dovuto dormire nel labirinto, nella "camera centrale" del racconto, e che nel ricordo quel lungo disagio sarebbe stato un'avventura. Rimase in silenzio: Dunraven non poté dominarsi e gli chiese, come chi non perdona un debito:

"Non è inesplicabile questa storia?"

Unwin gli rispose, come pensando ad alta voce:

"Non so se sia o meno inesplicabile. So che è falsa."

Dunraven proruppe in improperi e invocò la testimonianza del figlio maggiore del pastore (Allaby, a quanto sembrava, era morto) e di tutti gli abitanti di Pentreath. Non meno stupito di Dunraven, Unwin si scusò. Il tempo, nell'oscurità, pareva più lungo; i due temettero d'aver smarrito la via ed erano ormai molto stanchi quando un tenue chiarore proveniente dall'alto mostrò loro i gradini iniziali di un'angusta scala. Salirono e giunsero a una stanza rotonda, in rovina. Due segni rimanevano, del timore dello sventurato re: una stretta finestra che dominava l'altipiano e il mare, e nel pavimento una botola che s'apriva sulla curva della scala. La stanza, per quanto spaziosa, aveva molto di una cella di carcere.

Spinti meno dalla pioggia che dal desiderio di vivere per la rimembranza e l'aneddoto, i due amici pernottarono nel labirinto. Il matematico dormí tranquillamente; non cosí il poeta, importunato da versi che la sua ragione giudicava detestabili:

Faceless the sultry and overpowering lion,
faceless the stricken slave, faceless the king.

Unwin credeva che la storia della morte del Bojarí non l'avesse interessato, ma si svegliò con la convinzione di averla decifrata. Tutto quel giorno fu preoccupato e scontroso, provando e riprovando le ipotesi, e tre o quattro sere dopo dette appuntamento a Dunraven in una birreria di Londra e gli disse queste o simili parole:

"A Cornwall ho detto che la tua storia era falsa. I *fatti* erano veri, o potevano esserlo, ma narrati come tu li hai narrati essi erano, in modo evidente, menzogne. Comincerò dalla menzogna piú grande di tutte, l'incredibile labirinto. Un fuggiasco non si nasconde in un labirinto. Non innalza un labirinto su un luogo alto della costa, un labirinto cremisi che i marinai avvistano da lontano. Non ha bisogno di erigere un labirinto, perché l'universo già lo è. Per chi davvero vuol nascondersi, Londra è un labirinto migliore di una stanza con feritoia alla quale conducono tutti i corridoi d'un edificio. La saggia riflessione che ora ti sottopongo mi si presentò l'altra notte, mentre udivamo piovere sul labirinto, aspettando che il sonno ci visitasse; ammaestrato e affinato da essa, decisi di dimenticare le tue assurdità e di pensare a cose sensate."

"Alla teoria dei complessi, ad esempio, o a una quarta dimensione dello spazio," osservò Dunraven.

"No," disse Unwin con serietà. "Pensai al labirinto di Creta. Il labirinto il cui centro era un uomo con testa di toro."

Dunraven, esperto in romanzi polizieschi, pensò che la soluzione del mistero è sempre inferiore al mistero. Questo partecipa del soprannaturale e finanche del divino; la soluzione, del giuoco di prestigio. Disse, per ritardare l'inevitabile:

"Nelle medaglie e nelle sculture il minotauro ha testa di toro. Dante invece lo immaginò con corpo di toro e testa d'uomo."

"Anche questa versione mi conviene," affermò Unwin. "Quel che importa è la corrispondenza della casa mostruosa con l'abitante mostruoso. Il minotauro giustifica ad abbondanza l'esistenza del labirinto. Nessuno dirà lo stesso d'una minaccia sentita in un sogno. Evocata l'immagine del minotauro (evocazione fatale, quando si tratta d'un labirinto), il problema, virtualmente, era risolto. Tuttavia, confesso che non compresi che quell'antica immagine era la chiave e così fu necessario che il tuo racconto mi fornisse un simbolo piú preciso: la ragnatela."

"La ragnatela?" ripeté, perplesso, Dunraven.

"Sí. Non mi sorprenderebbe affatto che fosse stata

la ragnatela (la forma universale della ragnatela, ben inteso, la ragnatela di Platone) a suggerire all'assassino (perché c'è un assassino) il suo delitto. Ricorderai che il Bojarí, in una tomba, aveva sognato una rete di serpenti e che svegliandosi aveva scoperto che il sogno gli era stato suggerito da una ragnatela. Torniamo a quella notte in cui il Bojarí sognò una rete. Il re vinto, il visir e lo schiavo fuggono per il deserto con un tesoro. Si rifugiano in un sepolcro. Dorme il visir, del quale sappiamo che è un codardo; non dorme il re, del quale sappiamo ch'è un coraggioso. Il re, per non dividere il tesoro col visir, lo uccide con una pugnalata; l'ombra dell'ucciso, notti dopo, lo minaccia in un sogno. Tutto ciò è incredibile; io credo che i fatti siano accaduti diversamente. Quella notte fu il re, il coraggioso, a dormire, e Zaid il codardo, a vegliare. Dormire è distrarsi dall'universo e la distrazione è difficile per chi sa che l'inseguono con le spade sguainate. Zaid, avido di ricchezza, si chinò sul sonno del re. Pensò di ucciderlo (forse giocò col pugnale), ma non osò. Chiamò lo schiavo, nascosero parte del tesoro nella tomba, e fuggirono a Suakin e in Inghilterra. Non per nascondersi dal Bojarí, ma per attirarlo e ucciderlo costruí in vista del mare l'alto labirinto dai muri rossi. Sapeva che le navi avrebbero portato ai porti di Nubia la fama dell'uomo misterioso, dello schiavo e del leone, e che, prima o poi, il Bojarí sarebbe venuto a cercarlo nel labirinto. Nell'ultimo corridoio della rete lo aspettava la morte.

Il Bojarí lo disprezzava infinitamente; non si sarebbe mai abbassato a prendere la piú piccola precauzione. Il giorno sospirato giunse; Abenjacàn sbarcò in Inghilterra, andò fino alla porta del labirinto, percorse i ciechi corridoi e già calcava, forse, i primi scalini quando il suo visir lo uccise, non so se con una pallottola, dalla botola. Lo schiavo deve aver ucciso il leone, e un'altra pallottola lo schiavo. Poi Zaid sfigurò le tre facce con una pietra. Dovette farlo; un solo morto col volto sfigurato avrebbe posto un problema di identificazione, ma la fiera, il negro e il re formavano una serie e, dati i due termini iniziali, l'ultimo ne sarebbe derivato di necessità. Non è strano che il timore lo dominasse quando parlò con Allaby; aveva appena terminato l'orribile impresa e si disponeva a fuggire dall'Inghilterra per recuperare il tesoro."

Un silenzio pensoso, o incredulo, tenne dietro alle parole di Unwin. Dunraven chiese un altro boccale di birra, prima di parlare.

"Accetto," disse, "che il mio Abenjacàn sia Zaid. Tali metamorfosi, mi dirai, sono artifici classici nel genere, sono vere *convenzioni* che il lettore esige siano osservate. Quel che fatico ad ammettere è l'ipotesi che una parte del tesoro sia rimasta nel Sudàn. Ricorda che Zaid fuggiva dal re e dai nemici del re; è piú facile immaginarlo che ruba tutto il tesoro, piuttosto che mentre indugia a sotterrarne una parte. Forse non si trovarono monete perché erano finite; i muratori avranno esaurito una somma che, a differenza dell'oro rosso dei Nibelunghi, non era infinito. E cosí Abenjacàn avrebbe attraversato il mare per reclamare un tesoro dilapidato."

"Non dilapidato," disse Unwin. "Speso nell'erigere in terra d'infedeli una gran trappola circolare di mattoni destinata a farlo prigioniero e annientarlo. Zaid, se la tua ipotesi è esatta, agí spinto dall'odio e dal timore e non dall'avidità. Rubò il tesoro e poi comprese che il tesoro non era l'essenziale per lui. L'essenziale era che Abenjacàn perisse. Simulò di essere Abenjacàn, uccise Abenjacàn e finalmente *fu Abenjacàn*."

"Sí," confermò Dunraven. "Fu un vagabondo che, prima d'essere nessuno nella morte, avrebbe ricordato d'essere stato un re o d'aver finto d'essere un re, un giorno."

I due re e i due labirinti [1]

Narrano gli uomini degni di fede (ma Allah sa di
piú) che nei tempi antichi ci fu un re delle isole di
Babilonia che riuní i suoi architetti e i suoi maghi e
comandò loro di costruire un labirinto tanto involuto
e arduo che gli uomini prudenti non si avventurava-
no a entrarvi, e chi vi entrava si perdeva. Quella costruzione era uno scandalo, perché la confusione e la
meraviglia sono operazioni proprie di Dio e non degli uomini. Passando il tempo, venne alla sua corte
un re degli arabi, e il re di Babilonia (per burlarsi
della semplicità del suo ospite) lo fece penetrare nel
labirinto, dove vagò offeso e confuso fino al crepuscolo. Allora implorò il soccorso divino e trovò la
porta. Le sue labbra non proferirono alcun lamento,
ma disse al re di Babilonia ch'egli in Arabia aveva
un labirinto migliore e che, a Dio piacendo, glie-
l'avrebbe fatto conoscere un giorno. Poi fece ritorno
in Arabia, riuní i suoi capitani e guerrieri e devastò

---

[1] Questa è la storia che il pastore narrò dal pulpito. Si veda
il racconto che precede.

il regno di Babilonia con sí buona fortuna che rase al suolo i suoi castelli, sgominò i suoi uomini e fece prigioniero lo stesso re. Lo legò su un veloce cammello e lo portò nel deserto. Andarono tre giorni, e gli disse: "Oh, re del tempo e sostanza e cifra del secolo! In Babilonia mi volesti perdere in un labirinto di bronzo con molte scale, porte e muri; ora l'Onnipotente ha voluto ch'io ti mostrassi il mio dove non ci sono scale da salire, né porte da forzare, né faticosi corridoi da percorrere, né muri che ti vietano il passo."

Poi gli sciolse i legami e lo abbandonò in mezzo al deserto, dove quegli morí di fame e di sete. La gloria sia con Colui che non muore.

La vettura lo lasciò al numero quattromilaquattro di quella via del nordovest. Non erano ancora le nove della mattina; l'uomo notò approvando i platani maculati, il quadrato di terra ai piedi di ciascuno di essi, le decorose case con balconcino, la vicina farmacia, le scritte scolorite dei negozi di colori e cornici e di ferramenta. Un lungo e cieco muro d'ospedale chiudeva la strada di fronte; il sole riverberava, più lontano, in una serra. L'uomo pensò che quelle cose (allora arbitrarie e casuali e in un ordine qualunque, come quelle che si vedono nei sogni) sarebbero divenute col tempo, se a Dio fosse piaciuto, invariabili, necessarie e familiari. Sulla porta a vetri della farmacia si leggeva a grandi lettere: Breslauer; gli ebrei stavano prendendo il posto degli italiani, i quali avevano preso il posto dei nati nel paese. Meglio così; preferiva non trattare con gente del suo sangue.

L'autista l'aiutò a calare il baule; una donna dall'aria distratta o stanca aprí la porta. Dal sedile, l'autista gli restituí una delle monete, un ventino uruguayano che gli era rimasto in tasca da quella notte nell'albergo di Melo. L'uomo gli dette quaranta centesimi e subito pensò: "Ho l'obbligo d'agire in modo che tutti mi dimentichino. Ho commesso due errori: ho dato una moneta d'un altro paese, ho fatto vedere che lo sbaglio m'importa."

Preceduto dalla donna, attraversò l'ingresso e il primo cortile. La stanza che gli avevano riservata dava, fortunatamente, sul secondo. Il letto era di ferro, che l'artefice aveva deformato in curve fantastiche, in figure di rami e di pampini; c'era inoltre un alto armadio di pino, un tavolino, una scansia con libri al livello del suolo, due sedie spaiate e un lavabo col catino, la brocca, la saponiera e un bottiglione di vetro opaco. Una mappa della provincia di Buenos Aires e un crocifisso adornavano le pareti; la carta era paonazza, con grandi pavoni a coda spiegata che si ripetevano. L'unica porta dava sul cortile. Bisognò variare la collocazione delle sedie per fare entrare il baule. L'inquilino approvò tutto; quando la donna gli chiese come si chiamasse, disse Villari, non come una sfida segreta, né per mitigare un'umiliazione che in realtà non sentiva, ma perché quel nome l'ossessionava, perché gli fu impossibile pensare a un altro. Non lo sedusse, certamente, l'immaginazione letteraria che assumere il nome del nemico potesse essere un'astuzia.

Il signor Villari, al principio, non lasciava la casa; passate alcune settimane prese ad uscire per un poco, all'annottare. Qualche sera entrò nel cinematografo che si trovava tre isolati piú avanti. Restò sempre nell'ultima fila, e s'alzava un po' prima della fine dello spettacolo. Vide tragiche storie della malavita, che racchiudevano errori, ma anche immagini che avevano appartenuto alla sua vita anteriore; ma Villari non se ne accorse, perché l'idea d'una coincidenza tra l'arte e la realtà gli era estranea. Docilmente cercava di far sí che le cose gli piacessero; voleva prevenire l'intenzione con cui gliele mostravano. A differenza di coloro che hanno letto romanzi, non si vedeva mai come personaggio artistico.

Non gli giunse mai una lettera né un foglietto pubblicitario, ma leggeva con imprecisa speranza una delle sezioni del giornale. La sera, accostava alla porta una delle sedie e sorbiva con gravità il *mate*, gli occhi sulla pianta rampicante del muro della casa di fronte. Anni di solitudine gli avevano insegnato che i giorni, nella memoria, tendono a uguagliarsi, ma che non c'è un giorno, neppure di carcere o d'ospedale, che non porti una sorpresa, che non sia, controluce, una rete di minime sorprese. In altre reclusioni aveva ceduto alla tentazione di contare i giorni e le ore, ma quella reclusione era diversa, perché non aveva termine a meno che il giornale, una mattina, recasse la notizia della morte di Alessandro Villari.

Era anche possibile che il Villari *fosse già morto,* e allora quella vita era un sogno. Tale possibilità l'inquietava, perché non riusciva a capire se somigliasse alla salvezza o alla sventura; si disse ch'era assurda e la respinse. In giorni lontani, meno per il corso del tempo che per alcuni fatti irrevocabili, aveva desiderato molte cose, con amore senza scrupoli; quella volontà poderosa che aveva mosso l'odio degli uomini e l'amore di una donna, non voleva più cose particolari; voleva solo durare, non finire. Il sapore della bevanda, il gusto del tabacco, la crescente linea d'ombra che guadagnava il cortile, erano stimoli sufficienti.

Nella casa c'era un cane lupo, ormai vecchio. Villari fece amicizia con esso. Gli parlava in spagnolo, in italiano e con le poche parole che gli restavano del rustico dialetto dell'infanzia. Cercava di vivere nel puro presente, senza ricordi né previsioni; i primi gl'importavano meno delle ultime. Oscuramente, credette d'intuire che il passato è la sostanza di cui è fatto il tempo; perciò questo diviene subito passato. La sua stanchezza, un giorno, fu simile alla felicità; in tali momenti non era molto più complesso del cane.

Una sera, lo lasciò sgomento e tremante un'intima scarica di dolore in fondo alla bocca. L'orribile miracolo si ripeté pochi minuti dopo, e di nuovo verso l'alba. Il giorno seguente, Villari fece chiamare una vettura che lo portò a un gabinetto dentistico del quartiere dell'Undici. Là gli strapparono il molare. In tale circostanza non fu più codardo né più animoso di altre persone.

Un'altra sera, tornando dal cinematografo, sentí che lo urtavano. Con ira, con indignazione, con segreto sollievo, affrontò l'insolente. Gli sputò contro un'ingiuria volgare: l'altro, attonito, balbettò una scusa. Era un uomo alto, giovane, dai capelli neri, e l'accompagnava una donna di tipo tedesco; Villari, quella sera, si ripeté che non li conosceva. Lasciò passare, tuttavia, quattro o cinque giorni prima di uscire.

Tra i libri della scansia c'era una Divina Commedia, col vecchio commento di Andreoli. Spinto meno dalla curiosità che da un sentimento di dovere, Villari intraprese la lettura del poema; prima di mangiare leggeva un canto, e poi, in ordine rigoroso, le note. Non giudicò inverosimili o eccessive le pene infernali e non pensò che Dante l'avrebbe condannato all'ultimo girone, dove i denti di Ugolino rodono senza fine la nuca di Ruggieri.

I pavoni della carta paonazza sembravano destinati ad alimentare incubi tenaci, ma il signor Villari non sognò mai una pergola mostruosa fatta d'inestricabili uccelli vivi. All'alba faceva un sogno di fondo uguale e circostanze variabili. Due uomini e Villari entravano armati di rivoltelle nella stanza o lo aggredivano all'uscita del cinematografo o erano, tutti e tre, lo sconosciuto che lo aveva urtato o l'aspettavano con aria triste nel cortile e sembravano non conoscerlo. Alla fine del sogni, egli estraeva la rivoltella dal cassetto del tavolino (ed effettivamente teneva lí la rivoltella) e la scaricava contro gli uomini. Il fragore dell'arma lo destava, ma non era che un sogno, e in un altro sogno l'aggressione si ripeteva ed egli doveva di nuovo ucciderli.

Una fosca mattina del mese di luglio, la presenza di gente sconosciuta (non il rumore della porta quando l'aprirono) lo svegliò. Alti nella penombra della stanza, stranamente semplificati dalla penombra (nei sogni della paura erano stati sempre più chiari), vigili, immobili e pazienti, gli occhi bassi come se li chinasse il peso delle armi, Alessandro Villari e uno sconosciuto l'avevano finalmente raggiunto. Con un cenno chiese loro di aspettare e si girò contro la parete, come per riprender sonno. Lo fece per destare la pietà di coloro che lo uccidevano, o perché è meno duro sopportare un avvenimento spaventoso che immaginarlo e attenderlo senza fine, o — e forse è questa l'ipotesi più verosimile — perché gli assassini fossero un sogno, come lo erano stati tante altre volte, nello stesso luogo, alla stessa ora?

Stava in quella magia quando la scarica lo cancellò.

L'uomo sulla soglia

Bioy Casares portò da Londra un curioso pugnale dalla lama triangolare e dall'impugnatura a forma di H; il nostro amico Christopher Dewey, del Consiglio Britannico, disse che tali armi erano d'uso comune nell'Indonesia. Il giudizio espresso lo spinse a ricordare che aveva lavorato in quel paese, tra le due guerre (*ultra Auroram et Gangen*, rammento che disse in latino, confondendo un verso di Giovenale). Delle storie che narrò quella sera, tento di ricostruire quella che segue. Il mio testo sarà fedele: mi liberi Allah dalla tentazione di aggiungervi particolari o di aumentare, con interpolazioni di Kipling, il carattere esotico del racconto. Questo, d'altronde, ha un antico e semplice sapore che sarebbe peccato perdesse; forse, lo stesso delle *Mille e una notte*.

"L'esatta geografia dei fatti che narrerò importa poco. E poi, quale precisione conservano piú, a Buenos Aires, i nomi di Amritsar o di Udh? Basterà dunque dire che in quegli anni vi furono tumulti in una città musulmana e che il governo centrale inviò un uomo forte per imporre l'ordine. Quell'uomo era scozzese, di un illustre *clan* di guerrieri, e nel sangue portava una tradizione di violenza. Una sola volta lo videro i miei occhi, ma non dimenticherò i capelli nerissimi, gli zigomi sporgenti, l'avido naso e la bocca, le larghe spalle, la forte ossatura di vichingo. David Alexander Glencairn, si chiamerà stasera nella mia storia; ambedue i nomi convengono, perché appartennero a re che governarono con uno scettro di ferro. David Alexander Glencairn (mi dovrò abituare a chiamarlo cosí) era, ritengo, un uomo temuto; la sola notizia della sua venuta bastò per pacificare la città. Ciò non impedí ch'egli decretasse diverse misure energiche. Passarono alcuni anni. La città e il distretto stavano in pace: *sikhs* e musulmani avevano deposto le antiche discordie, quando all'improvviso Glencairn sparí. Naturalmente, non mancarono voci che l'avessero rapito o ucciso.

"Queste cose le seppi dal mio capo, perché la censura era rigida e i giornali non commentarono (e neppure registrarono, che io ricordi) la scomparsa di Glencairn. Un proverbio dice che l'India è piú grande del mondo; Glencairn, forse onnipotente nella città che una firma in calce a un decreto gli aveva destinata, era appena una cifra nel meccanismo dell'amministrazione dell'Impero. Le ricerche della polizia locale furono del tutto vane; il mio capo pensò che un uomo solo avrebbe potuto destare minor diffidenza e ottenere un risultato migliore. Tre o quattro giorni piú tardi (le distanze in India sono generose), io percorrevo senza troppa speranza le strade dell'opaca città che aveva fatto sparire un uomo.

"Sentii, quasi subito, l'infinita presenza d'una congiura intesa a occultare la sorte di Glencairn. *Non c'è anima in questa città* (giunsi a sospettare) *che non conosca il segreto e che non abbia giurato di serbarlo.* I piú, interrogati, professavano un'illimitata ignoranza; non sapevano chi fosse Glencairn, non lo avevano mai visto, mai avevano udito parlare di lui. Altri, al contrario, l'avevano scorto un quarto d'ora prima che parlava col tale e tal altro, e addirittura mi accompagnavano alla casa dov'erano entrati, e dove nessuno sapeva niente di loro, o che i due avevano appena lasciata. A qualcuno di quei bugiardi minuziosi detti un pugno in faccia. I presenti approvarono il mio sfogo, e fabbricarono altre menzogne. Non vi credetti, ma non osai disattenderle. Una sera mi dettero una busta con un foglietto di carta sul quale era segnato un indirizzo...

"Il sole era calato quando giunsi. Era un quartiere popolare e umile; la casa era bassa; dal marciapiede scorsi una successione di cortili di terra battuta e in fondo un chiarore. Nell'ultimo cortile si celebrava non so quale festa musulmana; entrò un cieco, con un liuto di legno rossastro.

"Ai miei piedi, immobile come una cosa, stava accoccolato sulla soglia un uomo vecchissimo. Dirò come era, perché è parte essenziale della mia storia. I molti anni lo avevano ridotto e levigato come le acque fanno con una pietra o le generazioni degli uomini con un detto. Lunghi stracci mi parve lo coprissero, e anche il turbante che gli fasciava la testa era uno'straccio. Nel crepuscolo, alzò verso di me un volto oscuro e una barba bianca. Gli parlai senza preamboli, giacché avevo ormai perduto ogni speranza, di David Alexander Glencairn. Non mi comprese (forse non m'aveva udito) e dovetti spiegargli che era un giudice, del quale andavo in cerca. Sentii, nel dire quelle parole, quanto fosse irrisorio interrogare quell'uomo antico, per il quale il presente era solo un indefinito rumore. *Notizie della Ribellione o di Akbar potrebbe dare quest'uomo* (pensai), *ma non di Glencairn.* Quel che mi disse confermò la mia idea.

" 'Un giudice!' articolò con debole stupore. 'Un giudice che s'è perduto e lo cercano. La cosa accadde quando ero bambino. Non conosco le date, ma ancora Nikal Seyn (Nicholson) non era morto davanti alla muraglia di Delhi. Il tempo che fuggí resta nella memoria; sarò di certo capace di ricostruire quel che allora accadde. Dio aveva permesso, nella sua collera, che la gente si corrompesse; piene di maledizione erano le bocche e d'inganni e di frodi. Ma non tutti erano perversi, e quando fu bandito che la regina mandava un uomo che avrebbe imposto nel paese la legge d'Inghilterra, i meno cattivi si rallegrarono, pensando che la legge è migliore del disordine. Giunse il cristiano e non tardò a prevaricare e ad opprimere, a coprire delitti abominevoli e a vendere decisioni. Non gli demmo colpa, in un primo tempo; la giustizia inglese ch'egli amministrava non era conosciuta da alcuno e le apparenti ingiustizie del nuovo giudice rispondevano forse a valide ed arcane ragioni. *Tutto avrà una giustificazione nel suo libro*, cercavamo di pensare, ma la sua somiglianza con tutti i cattivi giudici del mondo diveniva troppo evidente, e alla fine dovemmo ammettere che era semplicemente un malvagio. Finí per essere un tiranno, e la povera gente (per vendicarsi dell'erronea speranza che un tempo aveva riposta in lui) prese a trastullarsi con l'idea di rapirlo e sottoporlo a giudizio. Le parole non bastano; dai progetti si dové passare alle opere. Nessuno, forse, eccettuati i piú semplici e i piú giovani, aveva creduto che quel proposito temerario avrebbe potuto essere portato a termine, ma migliaia di *sikhs* e di musulmani tennero fede alla parola e un giorno compirono, increduli, quello che a ciascuno di essi era parso impossibile. Rapirono il giudice e gli dettero per carcere un casolare in un quartiere fuori mano. Poi informarono coloro ch'erano stati offesi da lui, o (in qualche caso) gli orfani e le vedove, giacché la spada del boia non aveva riposato in quegli anni. Infine — questa fu forse la cosa piú difficile — cercarono e nominarono un giudice che giudicasse il giudice.'

"A questo punto lo interruppero alcune donne che entravano nella casa.

"Poi proseguí, lentamente:

" 'È fama che non v'è generazione che non conti quattro uomini retti che segretamente sorreggono l'universo e lo giustificano davanti al Signore: uno di tali uomini sarebbe stato il miglior giudice. Ma dove trovarli, se vivono sperduti per il mondo e anonimi e non si riconoscono quando si vedono e se neppure essi conoscono l'alto magistero che esercitano? Qualcuno allora disse che se il destino negava i savi, bisognava cercare i dissennati. Questa opinione prevalse. Studiosi del Corano, dottori della legge, *sikhs* che hanno nome di leoni e che adorano un solo Dio, indú che adorano innumerevoli dèi, monaci di Mahavira che insegnano che la forma dell'universo è quella di un uomo con le gambe aperte, adoratori del fuoco ed ebrei negri, formarono la giuria, ma il giudizio finale fu affidato all'arbitrio d'un pazzo.'

"A questo punto lo interruppero persone che lasciavano la festa.

" 'Di un pazzo,' ripeté, 'affinché la sapienza di Dio parlasse attraverso la sua bocca e umiliasse le superbie umane. Il suo nome s'è perduto o non s'è mai saputo, ma andava nudo per queste strade, o coperto da stracci, contandosi le dita col pollice e facendosi beffe degli alberi.'

"Il mio buon senso si ribellò. Dissi che affidare a un pazzo la decisione era infirmare il processo.

" 'L'accusato accettò quel giudice,' fu la risposta. 'Forse comprese che dato il pericolo che i congiurati correvano se lo lasciavano in libertà, solo da un pazzo egli poteva non attendersi una sentenza di morte. Ho udito dire che rise, quando gli dissero chi era il suo giudice. Molti giorni e notti durò il processo, a causa del gran numero di testimoni.'

"Tacque. Un'intima preoccupazione lo tormentava. Per dire qualcosa, chiesi quanti fossero stati i giorni del processo.

" 'Almeno diciannove,' rispose. Gente che lasciava la festa lo interruppe di nuovo; il vino è vietato ai musulmani, ma le facce e le voci parevano d'ubriachi. Uno gli gridò qualcosa, nel passare.

" 'Diciannove giorni, appunto,' rettificò. 'Il cane infedele ascoltò la sentenza, e il coltello infierí sulla sua gola.'

"Parlava con gioiosa ferocia. Con voce mutata pose termine alla storia:

" 'Morí senza paura; nei piú vili è qualche virtú.'

" 'Dove accadde quello che hai narrato?' gli chiesi. 'In un casolare?'

"Per la prima volta mi guardò negli occhi. Poi precisò con lentezza, misurando le parole:

" 'Ho detto che in un casolare gli dettero carcere, non che lí lo giudicarono. In questa città fu giudicato: in una casa come tutte, come questa. Una casa non può differire da un'altra: quel che importa è sapere se è edificata nell'inferno o nel cielo.'

"Gli chiesi della sorte dei congiurati.

" 'Non so,' mi disse con tolleranza. 'Queste cose accaddero e furono dimenticate da molti anni. Forse li condannarono gli uomini, ma non Dio.'

"Detto ciò, si alzò. Sentii che le sue parole mi congedavano e che io ero cessato per lui, da quel momento. Una folla fatta d'uomini e di donne di tutte le nazioni del Punjab irruppe, pregando e cantando, su di noi e quasi ci trascinò via: mi stupí che da cortili cosí angusti, ch'erano poco piú che lunghi anditi, potesse venir fuori tanta gente. Altri uscivano dalle case vicine; certamente avevano saltato i muri di cinta... A forza di spinte e d'imprecazioni mi feci strada. Nell'ultimo cortile m'imbattei in un uomo nudo, coronato di fiori gialli, che tutti baciavano e festeggiavano, e che aveva una spada in mano. La spada era lorda di sangue, perché aveva dato morte a Glencairn, del quale nelle stalle in fondo al cortile trovai il cadavere mutilato."

L'Aleph

a Estela Canto

> *O God, I could be bounded in a nut-*
> *shell and count myself a King of infinite*
> *space.*
>
> HAMLET, II, 2

> *But they will teach us that Eternity is*
> *the Standing still of the Present Time,*
> *a* Nunc-stans *(as the Schools call it);*
> *which neither they, nor any else under-*
> *stand, no more than they would a* Hic-
> stans *for an Infinite greatness of Place.*
>
> LEVIATHAN, IV, 46

L'incandescente mattina di febbraio [1] in cui Beatriz Viterbo morí, dopo un'imperiosa agonia che non si abbassò un solo istante al sentimentalismo né al timore, notai che le armature di ferro di piazza della Costituzione avevano cambiato non so quale avviso di sigarette; il fatto mi dolse, perché compresi che l'incessante e vasto universo già si separava da lei e che quel mutamento era il primo d'una serie infinita. Cambierà l'universo ma non io, pensai con malinconica vanità; talora, lo so, la mia vana devozione l'aveva esasperata; morta, potevo consacrarmi alla sua

---

[1] È superfluo ricordare che in Argentina, sita nell'emisfero opposto, le stagioni non corrispondono alle nostre. [*N. d. T.*]

memoria, senza speranza ma anche senza umiliazione. Pensai che il trenta d'aprile era il suo compleanno; andare quel giorno alla casa di via Garay per salutare suo padre e Carlos Argentino Daneri, suo cugino, era un atto cortese, incensurabile, forse inevitabile. Di nuovo avrei atteso nel crepuscolo dell'affollato vestibolo, di nuovo avrei studiato le circostanze delle sue molte immagini. Beatriz Viterbo, di profilo, a colori; Beatriz, con la maschera, nel carnevale del 1921; la prima comunione di Beatriz; Beatriz, il giorno del suo matrimonio con Roberto Alessandri; Beatriz, poco tempo dopo il divorzio, a un pranzo del Circolo Ippico; Beatriz, a Quilmes, con Delia San Marco Porcel e Carlos Argentino; Beatriz, col pechinese che le aveva regalato Villegas Haedo; Beatriz, di fronte e di tre quarti, sorridente, con la mano al mento... Non sarei stato obbligato, come in altre occasioni, a giustificare la mia presenza con modeste offerte di libri: libri le cui pagine, alla fine, imparai a tagliare, per non constatare, dopo mesi, ch'erano intatti.

Beatriz Viterbo morí nel 1929; da allora, non lasciai passare un trenta d'aprile senza tornare alla sua casa. Solevo arrivare alle sette e un quarto e fermarmi un venticinque minuti; ogni anno comparivo un po' piú tardi e restavo un po' di piú; nel 1933, una pioggia torrenziale mi favorí: dovettero invitarmi a cena. Profittai, naturalmente, di quel buon precedente; nel 1934 comparvi alle otto suonate, con un torrone di Santa Fé; con tutta naturalezza rimasi a cena. Cosí, in anniversari melanconici e vanamente amorosi, ricevetti le graduali confidenze di Carlos Argentino Daneri.

Beatriz era alta, fragile, lievemente inclinata; c'era nel suo portamento (se il contrasto è tollerabile) come una gentile goffaggine, un principio d'estasi; Carlos Argentino è roseo, corpulento, canuto, di lineamenti fini. Esercita non so quali funzioni subalterne in una biblioteca dei quartieri sud dal nome illeggibile; è autoritario ma inetto; profittava, fino a poco tempo addietro, delle sere e dei giorni di festa per non uscire di casa. A due generazioni di distanza, la *esse* italiana e la copiosa gesticolazione italiana sopravvivono in lui. La sua attività mentale è continua, appassionata, versatile e del tutto insignificante. Abbonda in inservibili analogie e in oziosi scrupoli. Ha (come Beatriz) belle mani grandi e affusolate. Per alcuni mesi patí l'ossessione di Paul Fort, non tanto a causa delle sue ballate quanto dell'idea d'una gloria impeccabile. "È il Principe dei poeti di Francia," ripeteva con fatuità. "Invano ti volgerai contro di lui; non lo raggiungerà, no, la piú avvelenata delle tue frecce."

Il trenta aprile del 1941 mi permisi di aggiungere al torrone una bottiglia di cognac locale. Carlos Argentino lo assaggiò, lo giudicò notevole e intraprese, dopo alcuni bicchierini, una esaltazione dell'uomo moderno.

"Lo evoco," disse con inesplicabile animazione, "nel suo gabinetto di studio, come a dire nella torre di vedetta d'una città, munito di telefoni, di telegrafi, di fonografi, di apparecchi radiotelefonici e cinematografici, di lanterne magiche, di glossari, di orari, di prontuari, di bollettini..."

Osservò che per un uomo tanto fornito l'azione di viaggiare era inutile; il nostro secolo XX aveva capovolto la favola di Maometto e della montagna; le montagne, ora, venivano al moderno Maometto.

Tanto inette mi parvero quelle idee, cosí pomposa e vana la loro esposizione, che le posi immediatamente in relazione alla letteratura; gli chiesi perché mai non le scrivesse. Com'era da prevedere, rispose che lo aveva già fatto: quei concetti, e altri non meno originali, figuravano nel Canto Augurale, Canto Prologale o semplicemente Canto-Prologo di un poema al quale lavorava da molti anni, senza pubblicità, senza stamburate assordanti, sempre appoggiato a quei due bastoni che si chiamano il lavoro e la solitudine. Prima apriva le porte all'immaginazione; poi faceva opera di lima. Il poema s'intitolava *La Terra*; si trattava di una descrizione del pianeta, nella quale non mancavano davvero la pittoresca digressione e l'apostrofe gagliarda.

Lo pregai di leggermene un passo, anche breve. Aprí un cassetto della scrivania, ne trasse un grosso fascio di fogli sui quali era impresso "Biblioteca Juan Crisostomo Lafinur" e lesse con sonora soddisfazione:

Ho visto, come il greco, le città degli umani,
i dí di varia luce, le opere, la fame;
non modifico i fatti, non falsifico i nomi,
ma il *voyage* che racconto, è... *autour de ma chambre*.

"Strofa indubbiamente interessante," sentenziò. "Il primo verso si assicura l'applauso del professore, dell'accademico, dell'ellenista, se non degli eruditi alla violetta, un settore considerevole dell'opinione; il secondo passa da Omero a Esiodo (tutto un implicito omaggio, sulla facciata del lucente edificio, al padre della poesia didascalica), non senza ringiovanire un procedimento che ha la sua origine nella Scrittura, l'enumerazione, congerie o accumulazione; il terzo — barocchismo, decadentismo, culto depurato e fanatico della forma? — consta di due emistichi gemelli; il quarto, scopertamente bilingue, mi assicura l'appoggio incondizionato d'ogni spirito sensibile ai liberi suggerimenti dell'umore giocoso. Nulla dirò della rima peregrina, né della cultura che mi permette — senza pedanteria — di accumulare in quattro versi tre allusioni erudite che abbracciano trenta secoli di densa letteratura: la prima all'*Odissea*, la seconda a *Le opere e i giorni*, la terza alla bagattella immortale offertaci dagli ozi dello scrittore della Savoia... Mi persuado sempre piú che l'arte moderna esige il balsamo del riso, lo *scherzo*.[2] Decisamente, ha la parola Goldoni!"

[2] In italiano nel testo.

Mi lesse molte altre strofe, che ottennero anch'esse la sua approvazione e il suo profuso commento. Nulla di memorabile era in esse; non le giudicai neppure molto peggiori della prima. Alla loro stesura avevano collaborato l'applicazione, la rassegnazione e il caso; le virtú che Daneri attribuiva loro erano posteriori. Compresi che il lavoro del poeta non consisteva nella poesia, ma nell'invenzione di ragioni perché la poesia fosse ammirevole; naturalmente, questo lavoro successivo modificava l'opera per lui, ma non per gli altri. La dizione di Daneri era bizzarra; la sua goffaggine metrica gl'impedí, salvo pochi casi, di trasmettere quella bizzarria al poema.[3]

Una sola volta nella mia vita ho avuto occasione di esaminare i quindicimila dodecasillabi del *Polyalbion*, l'epopea topografica nella quale Michael Drayton registrò la fauna, la flora, l'idrografia, l'orografia, la storia militare e monastica d'Inghilterra; sono certo che quell'opera considerevole ma limitata è meno tediosa della vasta impresa consimile di Carlos Ar-

---

[3] Ricordo, tuttavia, questi versi di una satira in cui fustigava con durezza i cattivi poeti:

> *Questi presta al poema bellicosa armatura*
> *d'erudizione; quegli gli presta pompe e gale.*
> *Ambo battono invano le ridicole ali...*
> *Obliarono, miseri, il fattore BELLEZZA!*

Solo il timore di crearsi un esercito di nemici implacabili e potenti lo aveva dissuaso (mi disse) dal pubblicare senza paura il poema.

gentino. Questi si proponeva di mettere in versi tutta la rotondità del pianeta; nel 1941 già aveva sbrigato alcuni ettari dello stato di Queensland, piú di un chilometro del corso dell'Ob, un gassometro a nord di Veracruz, le principali ditte commerciali della parrocchia della Concezione, la villa di Mariana Cambaceres de Alvear in via Undici Settembre, in Belgrano, e uno stabilimento di bagni turchi posto non lungi dal ben noto acquario di Brighton. Mi lesse certi laboriosi passi della zona australiana del suo poema; i lunghi e informi alessandrini mancavano del relativo movimento dell'introduzione. Ne copio una strofa:

> Si sappia. A man diritta del cippo consueto
> (venendo, è naturale, da nord, anzi nordovest)
> un ossame s'annoia — Tinta? Biancoceleste —
> mentre presta all'ovile apparenza d'ossario.

"Due audacie," gridò esultando, "riscattate, t'odo bofonchiare, dal risultato! Lo ammetto, lo ammetto. Una, l'epiteto *consueto*, che abilmente denuncia, *en passant*, l'inevitabile tedio inerente alle fatiche pastorali e agricole, tedio che né le georgiche né il nostro ormai consacrato *Don Segundo* [4] hanno mai osato denunciare cosí, al rosso vivo. L'altra, l'energico prosai-

---

[4] *Don Segundo Sombra*, di Ricardo Güiraldes, romanzo del *gaucho* (ma un *gaucho* mutato nel fantasma poetico di se stesso), tra i libri essenziali della letteratura argentina e ispano-americana. [*N. d. T.*]

smo un *ossame s'annoia*, che lo schizzinoso vorrà
scomunicare con orrore, ma che il critico di gusto
virile apprezzerà piú della sua vita. Tutto il verso,
d'altronde, è d'alta qualità. Il secondo emistichio in-
tavola un'animatissima conversazione col lettore; precede la sua viva curiosità, gli mette in bocca una domanda e la soddisfa... all'istante. E che mi dici di
quella trovata, *biancoceleste*? Il pittoresco neologismo
suggerisce il cielo, che è un fattore importantissimo
del paesaggio australiano. Senza quell'evocazione, le
tinte del bozzetto risulterebbero troppo cupe e il lettore sarebbe costretto a chiudere il libro, l'anima ferita nel piú intimo da incurabile e nera malinconia."
Verso la mezzanotte mi congedai.
Due domeniche dopo, Daneri mi chiamò per telefono, credo per la prima volta nella sua vita. Mi propose che ci incontrassimo alle quattro "per prendere
insieme una tazza di latte, nell'attiguo salone-bar che
il progressismo di Zunino e di Zungri — i proprieta-
ri della mia casa, come ricorderai — inaugura all'angolo; è una pasticceria che t'interesserà conoscere."
Accettai, con piú rassegnazione che entusiasmo. Ci
riuscí difficile trovare un tavolo; il "salone-bar," ine-
sorabilmente moderno, era appena un po' meno atroce delle mie. previsioni; ai tavoli vicini, il pubblico
eccitato menzionava la somma spesa senza lesinare
da Zunino e da Zungri. Carlos Argentino finse di
stupirsi di non so quali bellezze nell'installazione del-

la luce (che, senza dubbio, già conosceva) e mi disse con qualche severità:

"Tuo malgrado dovrai riconoscere che questo locale regge al confronto dei piú aristocratici di Flores."[5]

Mi rilesse, poi, quattro o cinque pagine del poema. Le aveva corrette secondo un pervertito principio di ostentazione verbale: dove prima aveva scritto *azzurrognolo*, ora abbondava in *azzurrino*, *azzurrigno*, e perfino *azzurriccio*. La parola *latteo* non era abbastanza brutta per lui; nell'impetuosa descrizione d'un lavatoio di lane, le preferiva *lattigeno*, *lattescente*, *lattifero*, *latteggiante*... Rimproverò con amarezza i critici; poi, piú benigno, li paragonò a quelle persone "che non dispongono di metalli preziosi né di presse a vapore, laminatoi e acidi solforici per coniare tesori, ma che possono *indicare* agli *altri* il *luogo* di un tesoro." Subito dopo censurò la *prologomania*, "della quale già si burlò, nella spiritosa prefazione del *Don Chisciotte*, il Principe degli Ingegni." Ammise, tuttavia, che sul frontespizio dell'opera nuova era opportuno il prologo vistoso, l'amichevole pezzo firmato dal letterato di grido. Aggiunse che pensava di pubblicare i canti iniziali del suo poema. Compresi, allora, il singolare invito telefonico; voleva chiedermi di scrivere una prefazione alla sua pedantesca farra-

---

[5] Quartiere residenziale ed elegante di Buenos Aires. [*N. d. T.*]

gine. Il mio timore risultò infondato: Carlos Argentino osservò, con ammirazione astiosa, che non credeva di sbagliare aggettivo qualificando solido il prestigio conquistato in tutti i circoli da Álvaro Melián Lafinur, uomo di lettere, il quale, se io gliel'avessi chiesto, avrebbe scritto con piacere il prologo al poema. Per evitare il piú imperdonabile degl'insuccessi, io dovevo farmi portavoce dei suoi due meriti inconcussi: la perfezione formale e il rigore scientifico, "giacché questo esteso giardino di metafore, di figure, di eleganze, non tollera un solo particolare che non confermi la severa verità." Aggiunse che a Beatriz Álvaro era sempre piaciuto.

Assentii con profusione. Precisai, per dare maggior verosimiglianza alla cosa, che avrei parlato con Álvaro non il lunedí, ma il giovedí, alla piccola cena che suole coronare tutte le riunioni del Circolo di Scrittori. (Non esistono queste cene, ma è innegabile che le riunioni si tengono il giovedí, fatto che Carlos Argentino Daneri poteva verificare nei giornali e che dotava di una certa realtà la frase.) Dissi, tra dubbioso e consapevole, che prima di abbordare il tema del prologo avrei descritto il curioso piano dell'opera. Ci congedammo; nell'imboccare via Bernardo de Irigoyen, esaminai con tutta imparzialità le eventualità che mi si offrivano: a) parlare con Álvaro e dirgli che quel cugino di Beatriz (tale eufemismo esplicativo mi avrebbe permesso di nominarla) aveva elaborato un poema che pareva estendere all'infinito le possibilità della cacofonia e del caos; b) non parlare con Álvaro. Previdi, lucidamente, che la mia indolenza avrebbe scelto la seconda.

A partire dal venerdí di buon'ora, il telefono cominciò a darmi preoccupazione. M'indignava che quello strumento che un giorno aveva prodotto l'irrecuperabile voce di Beatriz, potesse abbassarsi a far da ricettacolo alle inutili e forse colleriche lagnanze dell'ingannato Carlos Argentino Daneri. Fortunatamente, non accadde nulla — se si toglie il rancore inevitabile che m'ispirò quell'uomo che mi aveva imposto un incarico delicato e poi mi dimenticava.

Il telefono perdette il suo alone di terrore, ma alla fine di ottobre Carlos Argentino mi chiamò all'apparecchio. Era agitatissimo; in un primo momento, non riconobbi la sua voce. Con tristezza e con ira balbettò che quegli smisurati Zunino e Zungri, col pretesto di ampliare la loro mostruosa pasticceria, volevano demolire la sua casa.

"La casa dei miei genitori, la mia casa, la vecchia cara casa di via Garay!" ripeté, dimenticando forse il suo dolore nella melodia.

Non mi fu difficile dividere la sua afflizione. Passati i quarant'anni, ogni mutamento è un simbolo detestabile del passare del tempo; inoltre, si trattava di una casa che, per me, alludeva infinitamente a Beatriz. Volli chiarire quella delicatissima sfumatura; il mio interlocutore non mi ascoltò. Disse che se Zunino e Zungri persistevano nel loro assurdo propo-

sito, il dottor Zunni, suo avvocato, li avrebbe quere-
lati-*ipso facto* per danni, e li avrebbe obbligati a pagare centomila *pesos*.

Il nome di Zunni mi fece impressione; il suo studio, all'incrocio delle vie Caseros e Tacuarí, è d'una
serietà proverbiale. Chiesi se l'avvocato avesse già assunto l'incarico. Daneri disse che gli avrebbe parlato
in giornata. Esitò, e con quella voce piana, impersonale, alla quale siamo soliti ricorrere per confidare
qualcosa di molto intimo, disse che la casa gli era indispensabile per terminare il poema, perché in un
angolo della cantina c'era un Aleph. Spiegò che un
Aleph è uno dei punti dello spazio che contengono
tutti i punti.

"Si trova sotto la stanza da pranzo," spiegò, la dizione resa più veloce dalla pena. "È mio, è mio; lo
scoprii da bambino, prima che andassi a scuola. La
scala della cantina è ripida, gli zii mi avevano proi-
bito di scendervi, ma qualcuno aveva detto che c'era
un mondo in cantina. Si riferiva, come seppi in seguito, a un baule, ma io capii un mondo. Scesi di
nascosto, rotolai per la scala vietata, caddi. Quando
aprii gli occhi, vidi l'Aleph."

"L'Aleph?" ripetei.

"Sí, il luogo dove si trovano, senza confondersi,
tutti i luoghi della terra, visti da tutti gli angoli. Non
rivelai a nessuno la mia scoperta ma vi tornai ancora.
Il bambino non poteva supporre che quel privilegio
gli era accordato perché l'uomo portasse a perfezione

il poema! Non mi spoglieranno Zunino e Zungri, no, mille volte no! Codice alla mano, il dottor Zunni proverà che il mio Aleph è *inalienabile*."

Cercai di ragionare:

"Ma non è buia la cantina?"

"La verità non penetra in un intelletto ribelle. Se tutti i luoghi della terra si trovano nell'Aleph, vi si troveranno tutti i lumi, tutte le lampade, tutte le sorgenti di luce."

"Vengo subito a vederlo."

Interruppi la comunicazione, prima che potesse vietarmelo. Basta conoscere un fatto per avvertire immediatamente una serie di segni che lo confermano, prima insospettati; mi stupí non aver capito fino a quel momento che Carlos Argentino era pazzo. Tutti quei Viterbo, d'altronde... Beatriz (io stesso soglio ripeterlo) era una donna, una ragazza, d'una chiaroveggenza quasi implacabile, ma c'erano in lei negligenze, distrazioni, disdegni, vere crudeltà, che forse richiedevano una spiegazione patologica. La pazzia di Carlos Argentino mi colmò di maligna felicità; intimamente, ci eravamo sempre detestati.

In via Garay, la cameriera mi disse di avere la bontà di attendere. Il bambino si trovava, come sempre, in cantina, a sviluppare fotografie. Vicino al vaso senza un fiore, sul pianoforte inutile, sorrideva (piú intemporale che anacronistico) il grande ritratto di Beatriz, dipinto con goffi colori. Non poteva vederci nessuno; in una disperazione di tenerezza mi avvicinai al ritratto e gli dissi:

"Beatriz, Beatriz Elena, Beatriz Elena Viterbo, Beatriz amata, Beatriz perduta per sempre, son io, sono Borges."

Carlos entrò poco dopo. Parlò con secchezza; compresi che non era capace d'altro pensiero che della perdita dell'Aleph.

"Un bicchierino di pseudo-*cognac*," ordinò, "e ti tufferai in cantina. Come sai, il decubito dorsale è indispensabile. Lo sono anche l'oscurità, l'immobilità, un certo adattamento dell'occhio. Ti sdrai sul pavimento di mattonelle e fissi lo sguardo sul diciannovesimo gradino della scala. Me ne vado, abbasso la botola e resti solo. Qualche roditore ti farà paura, ci vuol poco! Dopo pochi minuti vedrai l'Aleph. Il microcosmo di alchimisti e cabalisti, il nostro concreto amico del proverbio, il *multum in parvo*!"

Nella stanza da pranzo, aggiunse:

"Naturalmente, se non lo vedi, la tua incapacità non invalida la mia testimonianza... Scendi; in breve potrai intavolare un dialogo con *tutte* le immagini di Beatriz."

Scesi sveltamente, stanco delle sue sciocchezze. La cantina, poco piú larga della scala, somigliava molto a un pozzo. Con lo sguardo, cercai invano il baule del quale Carlos Argentino mi aveva parlato. Alcune casse con bottiglie e alcuni sacchi di tela occupavano un angolo. Carlos prese un sacco, lo piegò e lo dispose in un punto.

"Il guanciale è umile," spiegò, "ma se lo alzo d'un solo centimetro non vedrai nulla e rimarrai confuso e vergognoso. Sdraia in terra questo corpaccio e conta diciannove scalini."

Seguii le sue ridicole istruzioni; finalmente se ne andò. Chiuse cautamente la botola; l'oscurità, nonostante una fessura che in seguito distinsi, mi parve totale. Improvvisamente compresi il pericolo che correvo: m'ero lasciato sotterrare da un pazzo, dopo aver bevuto un veleno. Le bravate di Carlos svelavano l'intima paura ch'io non vedessi il prodigio; Carlos, per difendere il suo delirio, per non sapere che era pazzo, *doveva uccidermi*. Sentii un confuso malessere, che volli attribuire alla rigidità, e non all'effetto d'un narcotico. Chiusi gli occhi, li riaprii. Allora vidi l'Aleph.

Arrivo, ora, all'ineffabile centro del mio racconto; comincia, qui, la mia disperazione di scrittore. Ogni linguaggio è un alfabeto di simboli il cui uso presuppone un passato che gl'interlocutori condividono; come trasmettere agli altri l'infinito Aleph, che la mia timorosa memoria a stento abbraccia? I mistici, in simili circostanze, son prodighi di emblemi: per significare la divinità, un persiano parla d'un uccello che in qualche modo è tutti gli uccelli; Alanus de Insulis, d'una sfera di cui il centro è dappertutto e la circonferenza in nessun luogo; Ezechiele, di un an-

gelo con quattro volti che si dirige contemporaneamente a Oriente e a Occidente, a Nord e a Sud. (Non
invano ricordo codeste inconcepibili analogie; esse
hanno una qualche relazione con l'Aleph.) Forse gli
dèi non mi negherebbero la scoperta d'una immagine
equivalente, ma questa relazione resterebbe contami-
nata di letteratura, di falsità. D'altronde, il problema
centrale è insolubile: l'enumerazione, sia pure parziale, d'un insieme infinito. In quell'istante gigante-
sco, ho visto milioni di atti gradevoli o atroci; nessuno di essi mi stupí quanto il fatto che tutti occupas-
sero lo stesso punto, senza sovrapposizione e senza
trasparenza. Quel che videro i miei occhi fu simulta-
neo: ciò che trascriverò, successivo, perché tale è il
linguaggio. Qualcosa, tuttavia, annoterò.

Nella parte inferiore della scala, sulla destra, vidi
una piccola sfera cangiante, di quasi intollerabile fulgore. Dapprima credetti ruotasse; poi compresi che
quel movimento era un'illusione prodotta dai verti-
ginosi spettacoli che essa racchiudeva. Il diametro
dell'Aleph sarà stato di due o tre centimetri, ma lo
spazio cosmico vi era contenuto, senza che la vastità
ne soffrisse. Ogni cosa (il cristallo dello specchio, ad
esempio) era infinite cose, perché io la vedevo distin-
tamente da tutti i punti dell'universo. Vidi il popo-
loso mare, vidi l'alba e la sera, vidi le moltitudini
d'America, vidi un'argentea ragnatela al centro d'una
nera piramide, vidi un labirinto spezzato (era Londra), vidi infiniti occhi vicini che si fissavano in me

come in uno specchio, vidi tutti gli specchi del pianeta e nessuno mi rifletté, vidi in un cortile interno di via Soler le stesse mattonelle che trent'anni prima avevo viste nell'andito di una casa di via Fray Bentos, vidi grappoli, neve, tabacco, vene di metallo, vapor d'acqua, vidi convessi deserti equatoriali e ciascuno dei loro granelli di sabbia, vidi ad Inverness una donna che non dimenticherò, vidi la violenta chioma, l'altero corpo, vidi un tumore nel petto, vidi un cerchio di terra secca in un sentiero, dove prima era un albero, vidi in una casa di Adrogué un esemplare della prima versione inglese di Plinio, quella di Philemon Holland, vidi contemporaneamente ogni lettera di ogni pagina (bambino, solevo meravigliarmi del fatto che le lettere di un volume chiuso non si mescolassero e perdessero durante la notte), vidi insieme il giorno e la notte di quel giorno, vidi un tramonto a Querétaro che sembrava riflettere il colore di una rosa nel Bengala, vidi la mia stanza da letto vuota, vidi in un gabinetto di Alkmaar un globo terracqueo posto tra due specchi che lo moltiplicano senza fine, vidi cavalli dalla criniera al vento, su una spiaggia del mar Caspio all'alba, vidi la delicata ossatura d'una mano, vidi i sopravvissuti a una battaglia in atto di mandare cartoline, vidi in una vetrina di Mirzapur un mazzo di carte spagnolo, vidi le ombre oblique di alcune felci sul pavimento di una serra, vidi tigri, stantuffi, bisonti, mareggiate ed eserciti, vidi tutte le formiche che esistono sulla terra, vidi un astrolabio persiano, vidi in un cassetto della scrivania (e la calligrafia mi fece tremare) lettere impudiche, incredibili, precise, che Beatriz aveva dirette a Carlos Argentino, vidi un'adorata tomba alla Chacarita, vidi il resto atroce di quanto deliziosamente era stata Beatriz Viterbo, vidi la circolazione del mio oscuro sangue, vidi il meccanismo dell'amore e la modificazione della morte, vidi l'Aleph, da tutti i punti, vidi nell'Aleph la terra e nella terra di nuovo l'Aleph e nell'Aleph la terra, vidi il mio volto e le mie viscere, vidi il tuo volto, e provai vertigine e piansi, perché i miei occhi avevano visto l'oggetto segreto e supposto, il cui nome usurpano gli uomini, ma che nessun uomo ha contemplato: l'inconcepibile universo.

Sentii infinita venerazione, infinita pena.

"Sarai rimasto di stucco, per aver curiosato tanto dove non ti spetta," disse una voce aborrita e gioviale. "Per quanto ti stilli il cervello, non mi pagherai in un secolo questa rivelazione. Che osservatorio formidabile, eh Borges!"

I piedi di Carlos Argentino occupavano lo scalino piú alto. Nell'improvvisa penombra, riuscii ad alzarmi e a balbettare:

"Formidabile. Sí, formidabile."

L'indifferenza della mia voce mi sorprese. Ansioso, Carlos Argentino insisteva:

"L'hai visto bene, coi colori?"

In quell'istante concepii la mia vendetta. Benevolo, manifestamente impietosito, nervoso, evasivo, ringraziai Carlos Argentino Daneri per l'ospitalità nella cartina e gli suggerii di profittare della demolizione della casa per allontanarsi dalla perniciosa metropoli, che non risparmia nessuno, credimi, nessuno! Mi rifiutai, con dolce energia, di parlare dell'Aleph; lo abbracciai, nel congedarmi, e gli ripetei che la campagna e la tranquillità sono due grandi medici.

Per la via, per la scalinata di piazza della Costituzione, nella sotterranea, tutti i volti mi parvero familiari. Temetti che non fosse rimasta una sola cosa capace di sorprendermi, temetti che non mi avrebbe piú abbandonato quell'impressione di *tornare* a tutte le cose. Fortunatamente, dopo alcune notti d'insonnia, mi vinse di nuovo l'oblio.

Poscritto del primo marzo del 1943 — Sei mesi dopo la demolizione dell'edificio di via Garay, la casa editrice Procusto, senza lasciarsi intimorire dalla lunghezza del poema, lanciò sul mercato una selezione di "pezzi argentini." È superfluo ripetere quel che accadde: Carlos Argentino Daneri ebbe il Secondo Premio Nazionale di Letteratura.[6] Il primo fu dato al dottor Aita; il terzo, al dottor Mario Bonfanti; incredibilmente, la mia opera *Le carte del baro* non otten-

---

[6] "Ho ricevuto le tue afflitte congratulazioni," mi scrisse. "Fremi d'invidia, mio dolente amico, ma riconoscerai — dovessi strozzarti! — che questa volta ho coronato il mio berretto con la piú rossa delle penne; il mio turbante, col piú *califfo* dei rubini."

ne un solo voto. Una volta di piú, trionfarono l'incomprensione e l'invidia! È già molto tempo che non riesco a vedere Daneri; i giornali dicono che presto ci darà un altro libro. La sua fortunata penna (non piú turbata dall'Aleph) s'è consacrata a versificare i compendi del dottor Acevedo Díaz.

Voglio aggiungere due osservazioni: una, sulla natura dell'Aleph; l'altra, sul suo nome. Questo, com'è noto, corrisponde alla prima lettera dell'alfabeto della lingua sacra. La sua applicazione all'àmbito della mia storia non sembra casuale. Per la Cabala, quella lettera rappresenta l'En Soph, l'illimitata e pura divinità; fu anche detto che essa ha la figura d'un uomo che indica il cielo e la terra, per significare che il mondo inferiore è specchio e mappa del superiore; per la *Mengenlehre*, è il simbolo dei numeri transfiniti, nei quali il tutto non è maggiore di alcuno dei componenti. Quel che vorrei sapere è: Carlos Argentino scelse lui quel nome, o lo lesse, *applicato a un altro punto nel quale convergono tutti i punti*, in uno degl'innumerevoli testi che l'Aleph della sua casa gli rivelò? Per quanto sembri incredibile, io credo che ci sia (o che ci sia stato) un altro Aleph, io credo che l'Aleph di via Garay fosse un falso Aleph.

Dò le mie ragioni. Intorno al 1867 il capitano Burton esercitò in Brasile la carica di console britannico; nel luglio del 1942 Pedro Henríquez Ureña scoprí in una biblioteca di Santos un suo manoscritto che trattava dello specchio che l'Oriente attribuisce a Iskandar Zu al-Karnayn, o Alessandro Bicorne di Macedonia. Nel suo cristallo si rifletteva l'universo intero. Burton menziona altri artifici consimili — la settupla còppa di Kai Josrú, lo specchio che Tarik Benzeyad trovò in una torre (*Mille e una notte*, 272), lo specchio che Luciano di Samosata poté vedere nella luna (*Storia vera*, I, 26), la lancia speculare che il primo libro del *Satyricon* di Capella attribuisce a Juppiter, lo specchio universale di Merlino, "rotondo e cavo e somigliante a un mondo di vetro" (*The Faerie Queene*, III, 2, 19) — e aggiunse queste curiose parole: "Ma i precedenti (oltre al difetto di non esistere) sono meri strumenti d'ottica. I fedeli che si recano alla moschea di Amr, al Cairo, sanno bene che l'universo è racchiuso nell'interno di una delle colonne di pietra che circondano il cortile centrale... Nessuno, certo, può vederlo, ma chi accosta l'orecchio alla superficie afferma di percepire, dopo un po', il suo incessante rumore... La moschea è del secolo VII; le colonne provengono da altri templi di religioni preislamiche, giacché come ha scritto Abenjaldún: *Nelle repubbliche fondate da nomadi, è indispensabile l'opera di forestieri per quanto è arte muraria.*"

Esiste codesto Aleph all'interno d'una pietra? L'ho visto quando vidi tutte le cose, e l'ho dimenticato? La nostra mente è porosa per l'oblio; io stesso sto deformando e perdendo, sotto la tragica erosione degli anni, i tratti di Beatriz.

Epilogo

All'infuori di *Emma Zunz* (il cui splendido argomènto, tanto superiore alla sua timida esecuzione, mi fu dato da Cecilia Ingenieros) e di *Storia del guerriero e della prigioniera* che si propone d'interpretare due fatti degni di fede, i racconti di questo libro appartengono al genere fantastico. Fra tutti, il primo è il piú lavorato; il tema è l'effetto che l'immortalità provocherebbe negli uomini. A questo abbozzo di un'etica per immortali, fa seguito *Il morto*; Azevedo Bandeira, in quel racconto, è un uomo di Rivera o di Cerro Largo ed è anche una rozza divinità, una versione mulatta e selvatica dell'incomparabile Sunday di Chesterton. (Il capitolo XXIX di *Decline and fall of the Roman Empire* narra un destino simile a quello di Otálora, ma molto piú grandioso e incredibile.) Di *I teologi* basta scrivere che è un sogno, un sogno malinconico, sul problema dell'identità personale; di *Biografia di Tadeo Isidoro Cruz*, che è una glossa al *Martín Fierro*. A una tela di Watts, dipinta nel 1896, debbo *La casa di Asterione* e il carattere del povero protagonista. *L'altra morte* è una fantasia sul tempo, che ordii alla luce di alcune argomentazioni di Pier Damiani. Durante l'ultima guerra nessuno ha potuto desiderare piú di me che la Germania fosse sconfitta; nessuno ha potuto sentire piú di me la tragedia del destino tedesco; *Deutsches Requiem* vuole intendere tale destino, che non seppero piangere, e neppure sospettare, i nostri "germanofili," che non sanno nulla della Germania. *La scrittura del dio* è stato generosamente giudicato; il giaguaro mi costrinse a mettere in bocca a un "mago della piramide di Qaholom" argomenti da cabalista o da teologo. In *Lo Zahir* e *L'Aleph* credo di notare qualche influsso del racconto *The crystal egg* (1899) di Wells.

J. L. B.

Buenos Aires, 3 maggio 1949

Postilla del 1952 - A questa nuova edizione ho incorporato altri quattro racconti. Abenjacàn il Bojarí, ucciso nel suo labirinto *non è (mi assicurano) memorabile, nonostante il titolo tremendo.* I due re e i due labirinti *è il racconto che i copisti intercalarono nelle* Mille e una notte *e che il prudente Galland omise. Di* L'attesa *dirò che fu suggerito da una cronaca poliziesca che Alfredo Doblas mi lesse, saranno dieci anni, mentre classificavamo libri secondo il manuale dell'Istituto Bibliografico di Bruxelles, codice del quale ho dimenticato tutto, tranne che a Dio corrispondeva la cifra 231. Il protagonista della cronaca era turco; lo feci italiano per intuirlo piú facilmente. La momentanea e ripetuta visione di una casa con cortile, all'angolo di via Paranà, in Buenos Aires, mi offrí la storia che s'intitola* L'uomo sulla soglia; *l'ambientai in India perché la sua inverosimiglianza fosse tollerabile.*

J. L. B.

Nota

"... una profonda capacità filosofica di commozione di fronte alla grandezza e alla miseria dell'uomo, di fronte a quanto è in esse di sorprendente e paradossale." Questa (di un critico argentino) è una delle possibili definizioni dell'intuizione, o poetica, che presiede al mondo fantastico dell'argentino Jorge Luis Borges: narratore, poeta, saggista, scrittore di eccezione nella vasta repubblica letteraria ispanoamericana, caso singolare e suggestivo per gli annali delle lettere contemporanee. Altre definizioni hanno puntato sul carattere "fantastico metafisico," proprio delle invenzioni di Borges; sulla dimensione misteriosa che con lui sembra entrare per la prima volta nella letteratura; hanno riconosciuto che il suo è un "mondo fantastico governato dalla logica"; c'è chi, in Francia, ha classificato Borges tra i " grandi distruttori della letteratura"...

Un segno, dunque, di contraddizione, o almeno di appassionata polemica, come accade per gli scrittori d'ingegno acuto e paradossale, rivolto a temi universali, quali sono quelli toccati, con accento spesso drammatico o patetico, da Borges: il tempo, l'eternità, la morte, la personalità e il suo sdoppiamento, la pazzia, il dolore, il destino. Universali, ma che appaiono costantemente uniti al sentimento dell'unicità irripetibile del destino individuale; sentimento che, nella confessione messa in bocca al personaggio Asterione, si confonde con quello, tragico, dell'incomunicabilità dell'esperienza vitale e di pensiero da uomo a uomo: "La verità è che sono unico. Non m'interessa ciò che un uomo può trasmettere ad altri uomini; come il filosofo, penso che nulla può essere comunicato attraverso l'arte della scrittura."

Eppure, è a questa negata e quasi irrisa arte della scrittura che Borges deve di poter esprimere e rappresentare in simboli e allegorie d'impressionante bellezza il suo sentimento — più che concezione, come si conviene a un poeta — dell'esistenza e del mistero che la nutre, e che lo scrittore scandaglia attraverso le apparenti divagazioni e i giuochi sottili; che tenta con le intuizioni, con le metafore. Perché l'accento del profondo impegno morale risuona sempre, improvvisamente, quando il lettore sta per chiedersi a che miri il giuoco di Borges, che sembra gratuito o fortuito, e si serve di allusioni a realtà incomunicabili, corre tra labirinti quasi kafkiani (ma d'una disperazione tutta intellettuale), dove simmetria e disordine, alleati col caso, compongono un disegno, e leggi inconoscibili s'incontrano e affrontano; tra costruzioni mirabili, multiformi, con parvenza di realtà, innalzate su una ipotesi, su una congettura, su una domanda. L'opera di Borges, in definitiva, è tutta una costante e originale ricerca, dalla quale esulano il metodo, il rigore, il sistema, ma dove l'intuizione trionfa e getta la sua luce su un universo sospeso tra la norma e l'assurdo, tra l'ordine e il caos; il cui riscatto, sia pure parziale, dall'incomprensibile è unicamente confidato all'uomo.

Siamo dunque, com'è stato detto, davanti a un umanista, forse all'ultimo; e si vuole intendere, qui, l'umanesimo che ha carità dell'uomo e del suo destino, e si prova a consolarlo. Quest'umanesimo, frutto maturo della cultura, non può fare a meno dei riferimenti, delle citazioni; ed ecco la minuziosa erudizione di Borges, che si mescola alla fantasia, all'illusione, al miraggio, e dove i nomi veri, di autori e di libri, e gl'immaginari, si alternano e confondono in maniera da turbare il lettore; ecco i suoi debiti, confessati, nei confronti di Schopenhauer, de Quincey, Stevenson, Shaw, Chesterton, Léon Bloy, e i paralleli e paragoni istituiti dalla critica, con Quevedo, Unamuno, Poe, Kafka, Wells, Swift, Lao-tse; e le divertite e a volte geniali interpolazioni (di testi disparati, rispondenti tutti a un gusto del remoto, dell'enigmatico, dell'esoterico), delle quali Borges ci confessa, nella prefazione di Historia universal de la infamia, che sono "l'irresponsabile giuóco di un timido che non si decise a scrivere racconti e che si distrasse nel falsificare e nel commentare (senza giustificazione estetica, talora) storie altrui."

È appena il caso di dire che simili esercizi hanno bisogno d'una lingua d'un genere particolare: della lingua di Borges, ricca, diversa, sapiente, che si serve di parole e quasi di segni convenzionali; di simboli, di metafore, anche solo d'immagini o aggettivi (come vertiginoso) prediletti e ricorrenti. Ma quest'uso prezioso del linguaggio non si fa mai geroglifico e non sopraffà la visione e l'arte. "Borges vede nella lingua," scrive una studiosa americana, Helena Percas, "l'unico mezzo di cui dispone l'uomo per rivelare e fissare la sua verità umana; perciò essa è per lui una costante preoccupazione... Egli vede nella parola il mezzo per carpire e limitare la vaghezza dell'emozione e dell'idea, cioè di darle realtà." (Parole che sembrano delineare un Borges classico, o tendente a un'arte consapevole e misurata, cioè classica; ma diciamo, come poc'anzi, umanistica.)

I simboli attraverso i quali Borges esprime il proprio sentimento dell'esistenza, sono i suoi racconti "fantastici e filosofici," come andrebbero chiamati tutti quelli di Ficciones (1944), di La muerte y la brújula (1951), di questo El Aleph (1949) che qui si traduce. La critica inglese ha affermato che Borges, con la sua maniera fantastica, ha attaccato dalle fondamenta il realismo narrativo spagnolo, e in effetti pochi modi di scrittura sono più lontani da quel realismo, delle magiche e ironiche invenzioni di Jorge Luis Borges. Eppure fu in Spagna ("terra," testimonierà il nostro scrittore con fedele memoria e *acuta intuizione, "nella quale sono poche cose, ma dove ciascuna sembra starvi in modo sostanziale ed eterno"*) *che l'arte di Borges ebbe il primo riconoscimento. Nei lontani 1924 e '25 Ramón Gómez de la Serna e Benjamín Jarnés, due tra i più eccellenti ingegni che contassero le lettere spagnole, elogiarono, nella benemerita orteghiana "Revista de Occidente" i libri dell'esordiente argentino,* Fervor de Buenos Aires *e* Inquisiciones: *il primo di poesia (gli seguiranno* Luna de enfrente, Cuaderno San Martín *e, nel '43,* Poemas), *l'altro di saggi (seguito, nel '52, da* Otras inquisiciones).

Ma la fama europea di Borges narratore è soprattutto francese, e legata alle fatiche di Roger Caillois, il quale ha tradotto Ficciones, *una scelta da* Historia universal de la infamia *(che è del 1935) sulle pagine della "Nouvelle Revue Française," e per lo stesso editore, col titolo* Labyrinthes, *quattro tra i più suggestivi racconti contenuti in* El Aleph: "L'immortale," "Storia del guerriero e della prigioniera," "La scrittura del dio," "La ricerca di Averroè." *Queste narrazioni mostrano tutte, secondo il critico e traduttore, "la préoccupation essentielle d'un écrivain obsédé par les rapports du fini et de l'infini" e affascinato dalle serie* absurdes *e* désespérantes *nelle quali si configurano, ai suoi occhi, gli elementi dell'universo. Ma della concezione, o intuizione, che Borges ha del mondo s'è già detto, sia pure imperfettamente.*

Da noi è apparso nel '55, presso Einaudi e a cura

di Franco Lucentini, La biblioteca di Babele, *che traduce* Ficciones; *e nel marzo del '57 la rivista "Tempo Presente" ha ospitato varie prose di Borges, nella traduzione di chi scrive: di esse, tre racconti — "La ricerca di Averroè," "La scrittura del dio," "La casa di Asterione" — sono ora raccolti in questo libro.*

Un interessante contributo alla conoscenza della fortuna di Borges in America è dato da uno studio di Allen W. Phillips, ospitato in "Revista iberoamericana" (gennaio-giugno '57). Il critico individua la qualità essenziale di Borges nella "fedeltà alla vocazione," che permette di riconoscere nell'immagine diversa del poeta, del narratore, del saggista, una stessa figura; e uno stesso pensiero, aggiungiamo, insieme lucido e appassionato, un medesimo accento poetico ed esatto: la fantasia che attinge alla cultura e si guida con la disciplina formale, un'invenzione ardente e temeraria, proiettata nella direzione lirico-metafisica. Il critico citato esamina inoltre due libri, dedicati recentemente a Borges da M. Tamayo (in collaborazione con A. Ruiz-Díaz) e da J. L. Ríos Patrón. Il primo si addentra nell'universo "denso e rarefatto" dello scrittore argentino, per scoprire il meccanismo che guida il suo giuoco sottile e accanito e rintracciare e definire il tema temporale, che è alla base del suo mondo. Ríos Patrón, imboccata la strada della ricerca di parentele, indica nel Borges metafisico un'affinità col Quevedo delle meditazioni (dei

178

Sueños) *e indaga sottilmente su quanto lega il nostro stilista all'estetica espressionistica.*

Si è tentato di tracciare, di Borges e del suo mondo poetico, un'immagine forse approssimativa ma non inesatta. Non ci resta che augurarci che questa traduzione giovi anch'essa in qualche modo, come vorrebbe, al suo nome e alla sua fortuna in Italia.

Francesco Tentori Montalto

Indice

Stanislav Grof, Christina Grof, *Respirazione olotropica*. Teoria e pratica. Nuove prospettive in terapia e nell'esplorazione del sé

Domenico Barrilà, *I superconnessi*. Come la tecnologia influenza le menti dei nostri ragazzi e il nostro rapporto con loro

Ma Jian, *Tira fuori la lingua*. Storie dal Tibet

Bernhard Moestl, *Kung-Fu e l'arte di stare calmi*. I 7 principi Shaolin per l'autocontrollo

Volker Kutscher, *La morte non fa rumore*

Malcolm Lowry, *Sotto il vulcano*

Clarice Lispector, *Un apprendistato o Il libro dei piaceri*

Lisa Halliday, *Asimmetria*

Boris Pasternak, *Il dottor Živago*. Nuova traduzione di S. Prina

Lorenzo Marone, *Un ragazzo normale*

Pif, *...che Dio perdona a tutti*

Tara Westover, *L'educazione*

Harriet Lerner, *Scusa*. Il magico potere di ammettere i propri sbagli

Dave Eggers, *Opera struggente di un formidabile genio*

Daniel Pennac, *Mio fratello*

Andrea Balzola, Paolo Rosa, *L'arte fuori di sé*. Un manifesto per l'età post-tecnologica. Con una nuova postfazione di Andrea Balzola

Osho, *Il mondo è in fiamme*. Commenti al Dhammapada, il sentiero di Gautama il Buddha

Max Frisch, *Homo faber*. Un resoconto

Piergiorgio Paterlini, *Ragazzi che amano ragazzi*. Nuova edizione. Con una nuova postfazione dell'autore

Sarah Haywood, *La felicità del cactus*

Anna Funder, *C'era una volta la Ddr*. Con una nuova postfazione dell'autrice

Claudio Naranjo, *L'ego patriarcale*. Trasformare l'educazione per costruire una società sana

Tali Sharot, *La scienza della persuasione*. Il nostro potere di cambiare gli altri

Mimmo Franzinelli, *Squadristi*. Protagonisti e tecniche della violenza fascista. 1919-1922

Barbara Fiorio, *Vittoria*

Gabriele Romagnoli, *Senza fine*. La meraviglia dell'ultimo amore

Simonetta Agnello Hornby, *Nessuno può volare*

A.M. Homes, *Cose che bisognerebbe sapere*

Antonio Tabucchi, *I dialoghi mancati - Marconi, se ben mi ricordo*

Naomi Klein, *Shock Politics*. L'incubo Trump e il futuro della democrazia

Luciano Segreto, *I Feltrinelli*. Storia di una dinastia imprenditoriale (1854-1942)

J.G. Ballard, *Tutti i racconti*. Volume III. 1969-1992

Michel Serres, *Il contratto naturale*

Martha Batalha, *La vita invisibile di Eurídice Gusmão*

Sergio Rizzo, *02.02.2020. La notte che uscimmo dall'euro*

Montse Barderi, *Se fa male, non è amore*. Liberarsi da amori non corrisposti, relazioni infelici e parassiti emotivi

Danny Wallace, *La legge del cafone*. Tutta la verità sulla maleducazione a uso delle persone perbene

Claudia de Lillo alias Elasti, *Dire fare baciare*. Istruzioni per ragazze alla conquista del mondo

Etgar Keret, *La notte in cui morirono gli autobus*

Norman Stone, *La seconda guerra mondiale*. Una breve storia

Natori Masazumi, *Shonin-ki*. L'insegnamento segreto dei ninja

Charles Willeford, *Tempi d'oro per i morti*

Ángeles Doñate, *La posta del cuore della señorita Leo*

Davide Longo, *Un mattino a Irgalem*

Ervin Laszlo, *Risacralizzare il cosmo*. Per una visione integrale della realtà

Emiliano Gucci, *Voi due senza di me*

Tito Faraci, *La vita in generale*

Antonio Tabucchi, *Un baule pieno di gente*. Scritti su Fernando Pessoa. Nuova edizione rivista e accresciuta. A cura di Timothy Basi. Con inserto fotografico

David Harvey, *L'enigma del capitale* e il prezzo della sua sopravvivenza
Nicolas Barreau, *Il caffè dei piccoli miracoli*
Pietro Grossi, *Il passaggio*
Gaia Servadio, *Mozia*. Fenici in Sicilia
La grande regressione. Quindici intellettuali da tutto il mondo spiegano la crisi del nostro tempo. A cura di Heinrich Geiselberger
Daniel Pennac, *Il caso Malaussène*. Mi hanno mentito
Alessandro Baricco, *Il nuovo Barnum*
Paolo Rumiz, *A piedi*. Illustrato da Alessandro Baronciani
Andrea Bajani, *Mi riconosci*
John Cheever, *Lo scandalo Wapshot*
Giuseppe Morici, *Fare i manager rimanendo brave persone*. Istruzioni per evitare la fine del mondo (e delle aziende)
John Kampfner, *Storia dei ricchi*. Dagli schiavi ai superyacht, duemila anni di ineguaglianza
Howard Gardner, *Personalità egemoni*. Anatomia della leadership
Donna J. Haraway, *Manifesto cyborg*. Donne, tecnologie e biopolitiche del corpo
Ermanno Rea, *Nostalgia*
Louise Erdrich, *LaRose*
Vātsyāyana, *Kāmasūtra*. A cura di Genevienne e Tea Pecunia
Massimo Recalcati, *Il segreto del figlio*. Da Edipo al figlio ritrovato
Bernhard Moestl, *Kung-Fu per la vita quotidiana*. I 13 principi Shaolin per vincere senza combattere
Ivana Castoldi, *Piccolo dizionario delle emozioni*
Charles Bukowski, *Il ritorno del vecchio sporcaccione*
Jerry Thomas, *Il manuale del vero gaudente ovvero il grande libro dei drink*
Aki Shimazaki, *Il peso dei segreti*
Piernicola Silvis, *Formicae*
Roger Dalet, *I punti che guariscono*. Una semplice pressione delle dita sui punti d'agopuntura per ridurre disturbi e dolori
Zohar, *La Luce della Kabbalah*. A cura di Michael Laitman
Salvatore Veca, *L'idea di incompletezza*. Quattro lezioni